D0834990

CARL ZUCKMAYER

DES TEUFELS GENERAL

DRAMA IN DREI AKTEN

Fischer
Taschenbuch
Verlag

Fischer Taschenbuch Verlag
  1.– 35. Tausend: Mai 1973
 36.– 55. Tausend: April 1974
 56.– 85. Tausend: August 1974
 86.–110. Tausend: Juli 1975
111.–135. Tausend: April 1976
136.–165. Tausend: März 1977
166.–205. Tausend: August 1977
206.–225. Tausend: März 1979
226.–255. Tausend: August 1979
Ungekürzte Ausgabe

Umschlagentwurf: Lothar Staedler
unter Verwendung eines Szenenfotos aus ›Des Teufels General‹
Die Aufnahme zeigt Curd Jürgens als General Harras
(Foto: Kurt Hahne Filmvertrieb, Hamburg)

Fischer Taschenbuch Verlag GmbH, Frankfurt am Main
Lizenzausgabe mit freundlicher Genehmigung
des S. Fischer Verlages GmbH, Frankfurt am Main
© 1946 by Bermann-Fischer Verlag A. B. Stockholm
Gesamtherstellung: Hanseatische Druckanstalt GmbH, Hamburg
Printed in Germany
480-ISBN-3-596-27019-7

Den ersten Entwurf zu diesem Stück

widmete ich im Jahre 1942

DEM UNBEKANNTEN KÄMPFER

Jetzt widme ich es dem Andenken
meiner von Deutschlands Henkern
aufgehängten Freunde

THEODOR HAUBACH

WILHELM LEUSCHNER

GRAF HELLMUTH VON MOLTKE

Barnard Vermont, Juli 1945   Carl Zuckmayer

PERSONEN

HARRAS, *General der Flieger*
LÜTTJOHANN, *sein Adjutant*
KORRIANKE, *sein Chauffeur*
FRIEDRICH EILERS, *Oberst und Führer einer Kampfstaffel*
HARTMANN
WRITZKY
HASTENTEUFFEL } *Fliegeroffiziere*
PFUNDTMAYER
SIGBERT VON MOHRUNGEN,
   Präsident des Beschaffungsamtes für Rohmetalle
BARON PFLUNGK, *Attaché im Außenministerium*
DR. SCHMIDT-LAUSITZ, *Kulturleiter*
DER MALER SCHLICK
ODERBRUCH, *Ingenieur im Luftfahrtministerium*
ANNE EILERS
WALTRAUT VON MOHRUNGEN, *genannt Pützchen,*
   ihre Schwester
OLIVIA GEISS, *Diva*
DIDDO GEISS, *ihre Nichte*
LYRA SCHOEPPKE, *genannt die Tankstelle*
OTTO, *Restaurateur*
FRANÇOIS
HERR DETLEV } *Kellner*
BUDDY LAWRENCE, *ein amerikanischer Journalist*
ZWEI ARBEITER
EIN POLIZEIKOMMISSAR

Ort: Berlin
Zeit: Spätjahr 1941, kurz vor dem Eintritt
   Amerikas in den Krieg

Erster Akt: Höllenmaschine
Zweiter Akt: Galgenfrist oder Die Hand
Dritter Akt: Verdammnis

Die Handlung ist erfunden und, wie ihre Träger, nur zum
Teil durch tatsächliche Ereignisse und lebende — oder tote
— Personen angeregt.

Erster Akt

HÖLLENMASCHINE

Reserviertes Zimmer in Ottos Restaurant. Solide »alt-deutsche« Einrichtung. In der Mitte ein festlich gedeckter Büfettisch, zur Selbstbedienung für etwa fünfzehn Personen. Im Hintergrund, durch geraffte Portieren halb verdeckt, eine »gemütliche Ecke«, mit Rauchtischchen, Klubsesseln, Likör- und Zigarrenservice. Wenn der Vorhang aufgeht, brennt noch die volle elektrische Deckenbeleuchtung, aber François und Herr Detlev, die an die Tischdekoration letzte Hand anlegen, Flaschen entkorken und Aperitifgläser füllen, beginnen eine Menge großer Kerzen in silbernen Tisch- und Wandleuchtern anzuzünden und drehen später das grelle Hauptlicht ab. Alle Fenster sind mit dicken schwarzen Vorhängen verhüllt. Ein Ventilator summt leise.

DETLEV: Wie spät?

FRANÇOIS: Minuit moins le quart.

DETLEV: Wird ne lange Nacht geben.

FRANÇOIS: Ça y est. Dicke Marie, pour nous.

DETLEV: Wenn Harras mal wieder richtig auffahren läßt — Mensch — das ist noch alte Schule. Da bleibt kein Auge trocken.

FRANÇOIS: Que fais-tu donc? Pas de Porto, pour Harras. Il va commercer avec un Armagnac. Double. Donne-moi le grand verre.

DETLEV: Woher weißt du, Sibylle?

FRANÇOIS: Je le connais. Il vient de la Reichskanzlei — d'une réception officielle d'État. Alors — il lui faut plus fort que du Porto. C'est logique. N'est-ce pas?

DETLEV: Stimmt wie ne Baßgeige. Wenn er seinem Führer ins Auge geschaut hat, dann braucht er ne innere Spülung.

FRANÇOIS *mit einem Blick über die kalten Platten*: Dieu merci que nous avons des pays occupés. C'est le confort du patron. On ne mange que des fruits . . . les fruits de

9

la victoire. Voilà: Les hors d'œuvres — de Norvège. Le homard — d'Ostende. Le gibier — de Pologne. Le fromage — de Hollande. Le beurre — du Danemark. Et les légumes — d'Italie. Pas de caviar — de Moscou . . .

DETLEV: Aber französischer Sekt. *Läßt einen Pfropfen knallen, kostet einen Schluck.* Prostata. Das schmeckt besser als Ribbentrops Hausmarke.

STIMME OTTOS *von draußen*: François! Le Pâté de fois gras pour Exzellenz! Die Terrine ist nicht geöffnet.

FRANÇOIS *vor sich hin, gelangweilt*: Ouvrez-la vous même. J'm'en fiche. *Kostet einen Schluck Champagner.*
Vive la collaboration.

OTTO *erscheint aufgeregt in der Tür*: Herr Detlev!! François! Wo steckt ihr denn, hier ist doch noch gar nichts los. Was soll ich denn drüben machen mit den drei Ungelernten, wo heute Reichstag war. Die ganze Bude voll großer Tiere — vier Exzellenzen, zwo Minister, ein Feldmarschall, ne Hucke Gauleiter und die bessere Creme von der Kroll-oper —

DETLEV: Verzeihung, Herr Otto, wir sind im Dienst. General Harras hat uns ausdrücklich für seine Gesellschaft abkommandiert. François und mich. Von wegen zuverlässig. Sie wissen.

OTTO: Das hat Zeit, er ist ja noch nicht mal vorgefahren, aber wo bleiben die Waldschnepfen für Herrn Jannings. Herr Jannings schreit schon!

DETLEV: Laß ihn schrein. Herr Jannings kann mich, bei Mondenschein.

OTTO: Unerhört. So wird man im Stich gelassen. Verraten und verkauft, und kein Ersatz zu kriegen. Was hab ich nicht alles für euch getan, die Unabkömmlichkeit, die Schwerarbeiterrationen, und alles das, wenn ihr mir jetzt in den Rücken fallt —

FRANÇOIS: Doucement, Otto, doucement. Si vous avez fait quelqu'chose pour nous — nous avons fait quelqu'chose pour vous, n'est-ce pas? Rappelez les waggons de Bruxelles — et nos affaires à Paris — et —

OTTO: Taisez-vous! — Sprich doch deutsch hier. Kannst du genau so gut. Also — wollt ihr drüben helfen — oder nicht.

FRANÇOIS: Exaltiere dir nicht, Otto. Sei ein guter Bubi.

DETLEV: Gib Tantchen 'n Küßchen, François!

OTTO: Herr Detlev — in anderen Zeiten — würde ich Sie auf der Stelle hinauswerfen. *Schreiend, krebsrot.* Auf der Stelle!

DETLEV *amüsiert*: Auf der Stelle. In anderen Zeiten. *François lacht.*

OTTO: Still — die Herrschaften! *Man hört Stimmen von draußen — er spricht nach rückwärts durch die Tür.* Willkommen zu Hause — Herr General! Herr Präsident — Herr Oberst — Herr Baron — Herr Doktor — Kompliment, meine Damen — Garderobiere! — Wollen bitte ablegen — alles vorbereitet, Herr General. Der Hummer ist schon errötet.

STIMME HARRAS' *draußen*: François! 'n doppelten Armagnac.

FRANÇOIS: Voilà. *Eilt mit dem vollen Glas hinaus.*

DETLEV: Wir drehen besser rasch die Glühbirnen raus.

OTTO: Glühbirnen raus? Wozu denn?

DETLEV: Sie wissen doch — wenn Harry geladen hat, schießt er sie gerne runter.

OTTO: Lassen Sie zwei oder drei drin, damit er nicht wütend wird; sonst schießt er nach den Kerzen und trifft die Spiegel. *Läuft auf den Gang hinaus*: Ganz große Ehre, Herr General, dito Vergnügen.

DETLEV *einen Augenblick allein im Raum — öffnet blitzschnell eine unsichtbare Klapptüre in der Wandverschalung — schaltet einen vorbereiteten Kontakt ein — schließt die Verschalung wieder.*

HARRAS *tritt ein, von Otto gefolgt. Er ist in großer Galauniform, aber in Haltung und Benehmen leger, eher etwas salopp. Das geleerte Glas hält er noch in der Hand, eine Zigarette hängt im Mundwinkel. Sein kluges, trotz gelichteter Haare noch jugendliches, ja jungenhaftes Gesicht — er mag nicht älter als fünfundvierzig sein —, das von Natur aus heiter ist, freimütig, liebenswürdig und ein wenig verschmitzt — scheint von einer kaum bemerkbaren nervösen Spannung erfüllt. Er sieht sich prüfend um*: Na — das sieht ja ganz ordentlich aus. Fast wie in der guten alten Zeit, falls Sie sich noch erinnern, Otto.

OTTO: Bei uns — immer gute Zeit, Herr General. Alt oder

neu. Wir sind unverändert. Man tut, was man kann. Nur mit der Mayonnaise — die vielen Eier und das Öl, wissen Sie — man darf ja nicht ganz, wie man möchte. Aber ich habe für Herrn General eine Art Sauce tatare zum Hummer angerichtet — die Herren werden kaum einen Unterschied schmecken.

HARRAS: Keine Sorge, Otto. Uns schmeckt alles. <u>Wir kommen von einem Bierabend des Führers.</u> Außerdem haben wir jetzt bei der Luftwaffe synthetische Gummizungen mit Kondensspucke eingeführt.

OTTO: Köstlich, Herr General. *Lacht.* Immer der alte treffsichere Humor.

HARRAS: Humorersatz, mein Lieber. Brennessel, Zichorie und Eichenlaub. — Alsdann — Hauptsache, daß d e r Stoff noch echt ist. *Hält sein leeres Glas hin. — François füllt es wieder.* Sagen Sie mal — da tickt doch was.

OTTO: Wie beliebt — wo tickt was, Herr General?

HARRAS: Hoffentlich nicht in Ihrem Hirnkasten, Otto. Seien Sie mal still. Da tickt was.

OTTO: Ich kann nichts hören — oder doch — irgend so was — bißchen Surren —

DETLEV: Muß der Ventilator sein, Herr General. Oder die Heizung.

OTTO: Natürlich, der Ventilator. Wir müssen ja, wegen der Verdunklung, wo man kein Fenster aufmachen kann, und dann der Zigarrenrauch —

HARRAS: Klingt anders.

OTTO: Herr General müssen Ohren haben —!

HARRAS: Manche Leute werden vom Fliegen taub. Bei mir das Gegenteil. Ich kann Ihnen zwanzig verschiedene Typen beim Namen nennen, wenn ich nur von ferne den Motor laufen höre — stellen Sie das mal ab.

DETLEV *stellt den Ventilator ab.*

HARRAS: Tickt immer noch.

DETLEV: Dann ist es die Heizung. Da wird mit Kohle gespart, und denn trippelt's in den Röhren —

OTTO: Also, bei uns hat noch nie etwas in den Röhren getrippelt, da muß ich doch bitten, Herr Detlev —

HARRAS *ist in der Nähe der Wandverschalung stehengeblieben*: Scheint wirklich irgendwoher aus der Wand zu kommen. Vielleicht doch von den Röhren. Na, meinetwegen. Wird ja keine Höllenmaschine sein. *Leert sein Glas.*

DETLEV: Sicher nicht, Herr General. *Lacht, stellt den Ventilator wieder an.*

Während der letzten Sätze sind im Hintergrund, zwischen Tür und Angel, einige Herren erschienen, die — erst halb zu sehen — eine große Pantomime wegen des Vortritts aufführen, den jeder dem anderen überlassen möchte. Es sind Präsident Sigbert von Mohrungen, Oberst Eilers, Baron Pflungk, Dr. Schmidt-Lausitz und Lüttjohann. Sie drücken und drängeln sich um die Schwelle herum unter gemurmelten Höflichkeiten, wie: »Nach Ihnen, Herr Präsident.« — »Aber, mein lieber Eilers — Sie als Ehrengast.« — »Bitte recht sehr, Herr Doktor.« — »Ausgeschlossen, Militär geht vor.« — »Kommen Sie, Baron.« — »Neenee, ich bin hier zu Hause« — *und so weiter.*

HARRAS *hat die Szene grinsend beobachtet:* Da soll nun einer sagen, es gibt in Deutschland keine Manieren mehr, Lüttjohann! Helm ab zum Gebet! Hier sind Hummern.

LÜTTJOHANN, *kleiner, jovialer, pudelartiger Gummiball in Hauptmannsuniform, durchbricht die Gruppe und stürmt im Laufschritt zum Büfett:* Denn man Schluß mit die Formalitäten. 'ran an Feind. Wo stehn die Roten? *Er beginnt ohne Übergang zu essen. Die anderen Herren treten jetzt ohne weitere Verwicklungen ein. Präsident von Mohrungen und Baron Pflungk im Frack, Dr. Schmidt-Lausitz in Parteiuniform, Oberst Eilers in Gala mit hohen Orden. Mohrungen ist ein gut aussehender Fünfziger mit grauen Schläfen, Repräsentant der alten standesherrlichen Schwerindustrie. Der junkerlichkonservative Einschlag ist durch süddeutsche Natürlichkeit gemildert. Baron Pflungk — eleganter Windhund, mit glatten Manieren und vollkommener Charakterlosigkeit, Dr. Schmidt-Lausitz, schmalstirnig, mit blitzenden Brillengläsern und unsichtbaren, eng zusammenstehenden Augen dahinter, schütteren blonden Haaren in »vorschriftsmäßigem« Schnitt, verkniffenen Lippen, krampfhafter strammer Haltung. Oberst Eilers, nicht älter als fünfunddreißig, dunkelhaarig, hochgewachsen, wettergebräunte Züge, an sich durchschnittlich, doch von* einem ungewöhnlichen Ernst geprägt, der ihm manchmal einen abwesenden, fast traurigen Ausdruck verleiht.

OTTO *etwas unsicher*: Heil Hi — Guten Abend, Herr Präsident. Guten A — Heil Hitler, Herr Doktor.

HARRAS: Sagen Sie ruhig: Guten Adolf, das trifft jeden Geschmack. *Zu den anderen.* Die Herren haben sich wohl schon miteinander bekannt gemacht — soweit sie nicht verwandt sind? Das ist Kulturleiter Dr. Schmidt-Lausitz vom Propapopogandamysterium, ich kann das Wort nie richtig aussprechen, mein alter Afrikakomplex. Schmidt-Lausitz, zum Unterschied von Schmidt-Lützelsdorff, Schmidt-Pforzheim, Schmidt-Sodbrennen und anderen Herren ohne besondere Kennzeichen.

DR. SCHMIDT-LAUSITZ: Ich möchte nicht stören, Herr General. Ich sehe — dies ist eine Privatgesellschaft. Ich bin nur mitgekommen, weil ich mit Baron Pflungk und Oberst Eilers noch ein paar Einzelheiten zu besprechen hätte, wegen des morgigen Empfangs für die neutrale Auslandspresse und der Kurzwellensendung nach Amerika —

HARRAS: Dazu werden Sie im Laufe der Nacht reichlich Gelegenheit haben. Bleiben Sie ruhig, Doktor, uns stört keiner. Von meinen schlechten Witzen haben Sie sowieso schon gehört. Die sind alle beim Chef in meinen Personalakten eingetragen. Könnense nachlesen.

DR. SCHMIDT-LAUSITZ *mit saurem Lächeln*: Man versteht einen Scherz, Herr General, wenn er nicht zu weit geht.

HARRAS: Des walte Himmler. Stärken Sie sich, meine Herren, Sie haben es nötig, nachdem Sie in der Reichskanzlei am Heiligen Gral genippt haben.

MOHRUNGEN: Hier sieht's ja aus — wie in Friedenszeiten. Da wird einem direkt warm ums Herz.

LÜTTJOHANN *essend*: Und in der Magengrube. Sehr zum Wohl, Herr Präsident.

HARRAS: Wir haben auch nicht alle Tage Schabbes. Aber wenn Friedrich Eilers seinen großen Abend hat, da muß es Manna in der Wüste regnen — verzeihen den nichtarischen Vergleich, Dr. Lausitz. Greifen Sie zu, Eilers. Es ist kein Raub an der Volksgemeinschaft, nur ein kleiner Ausgleich. Was wir hier übriglassen, das fressen da drüben die Bonzen.

EILERS *lächelnd, ein wenig verlegen*: Zuviel Ehre, Herr General. Man kann das gar nicht verlangen, hier im Hinterland. In der Front sind wir ja immer erstklassig verpflegt.

OTTO: Lauter markenfreie Ware, meine Herren, reserviert für junge Helden und alte Kämpfer. Nur für die Butter muß ich Ihnen leider 'n kleines Löchlein knipsen.

MOHRUNGEN *mit einem Glas Champagner*: Da merkt man erst, wie provinziell man geworden ist. Büfett, Champagner, Mitternachtsparty — ich bin so was gar nicht mehr gewohnt. Bei uns in Mannheim ist um elf alles dunkel, kein Lokal mehr auf. Und wenn ich sonst mal zu Sitzungen nach Berlin komme, muß ich immer gleich im Nachtflugzeug wieder in den Betrieb zurück.

OTTO: Offiziell schließen wir auch um elfe, Herr Präsident. Haben wir alles nur Vatern zu verdanken. Seit Vater uns die Spezialerlaubnis für Privatgesellschaften verschafft hat, hat die Sache erst wieder 'n bißchen Zug bekommen. Kraft durch Freude, heißt es so richtig auch in unsrem Geschäft! *Zieht sich zurück.*

MOHRUNGEN: Ich dachte, sein Vater lebt nicht mehr —

HARRAS *lachend*: Wenn in Berlin von Vatern die Rede ist, lieber Präsident, so ist immer der dicke Hermann gemeint, unser Reichsmarschall mit'm Ersatzreifen um die Taille.

BARON PFLUNGK: Ein schönes Zeichen seiner Popularität.

HARRAS *ironisch*: Bravo, Baron. Schenk mal ein, François. Da kommen die Damen.

Frau Anne Eilers und ihre Schwester, Fräulein von Mohrungen, genannt Pützchen, kommen frisch hergerichtet von der Garderobe. Beide in Abendkleidern, Anne Eilers elegant, doch betont einfach, Pützchen betont elegant, doch ziemlich schrill. Anne ist eine schöne, hochgewachsene Frau, Mitte der Zwanzig, mit ruhigem, etwas teilnahmslosem Blick, der nur Leben und Wärme annimmt, wenn er dem ihres Mannes begegnet. Pützchen ein paar Jahre jünger, hat eine aufreizend gute Figur und ein fast zu hübsches, puppenhaftes Gesicht mit einem Stich ins Gewöhnliche und ruhelosen, unersättlichen Augen.

HARRAS *vorstellend*: Kulturleiter Dr. Schmidt-Lausitz —

Frau Oberst Eilers — Fräulein von Mohrungen. Den Baron Pflungk kennen die Damen wohl schon — vom offiziellen Teil.

PÜTZCHEN: Fräulein von Mohrungen — das klingt so wahnsinnig förmlich — direkt reaktionär. Nennen Sie mich doch Pützchen, wie alle.

HARRAS: Trau ich mich nicht, Pützchen. Kommt mir 'n bißchen hastig vor. Wir kennen uns doch kaum ein paar Stunden.

PÜTZCHEN: Das macht der Liebe kein Kind, hätte ich beinah gesagt. Prost, Harry.

MOHRUNGEN: Aber Pützchen.

HARRAS: Halt, junge Dame! Noch nicht trinken! Man reiße ihr den Kelch von den Lippen. François, nachfüllen. *Tritt in die Mitte, es bildet sich ein lockerer Kreis um ihn.* Also — ohne weitere Schmonzes, aber von Herzen. Ich trinke auf Friedrich Eilers, auf seinen fünfzigsten Luftsieg, den wir heute feiern, auf den hundertsten, und auf seine gesunde Heimkehr. Zum Wohl, Friedrich!

ALLE: Zum Wohl, Friedrich!

EILERS *heiter abwehrend*: Dank — Dank — Ich komme mir vor wie'n Kriegerdenkmal.

HARRAS: Biste auch. Sag du zu mir, Fritze. *Sie trinken und schütteln einander die Hand.*

DIE ANDERN *einstimmend*: Auf General Harras! *Man trinkt rasch.*

DR. SCHMIDT-LAUSITZ *allein nachklappend*: Auf den Führer!

HARRAS: Prost mit'm leeren Glas. Der Führer ist Abstinenzler.

LÜTTJOHANN *schon ein wenig betrunken*: François! Ein Glas Milch der frommen Denkungsart.

HARRAS: Halt die Klappe, Kleener. Wenn ich mir's Maul verbrenne, brauchst du's noch lange nicht nachzumachen.

EILERS: Bravo! Auf unseren besten Fliegerkommandeur, General Harras.

LÜTTJOHANN: Verzeihung, Herr General.

MOHRUNGEN *hat den Arm um Eilers' Schulter gelegt*: Ich kann ja auf meinen Schwiegersohn wirklich stolz sein.

ANNE: Das können wir alle, Papa. Unser ganzes Volk.

HARRAS: Habt Grund dazu. Einen besseren Mann als Eilers haben wir nicht in der Luftwaffe — möchte sagen: in der Armee.

EILERS: Leicht übertrieben. Ich möchte sagen: jeder unserer Jungens gibt sein Bestes her. Wenn ich selbst auf etwas stolz bin — dann auf meine Staffel. Vier Herren haben heute das Großkreuz vom EK bekommen, und jeder hat es verdient.

BARON PFLUNGK *leicht anzüglich, zu Pützchen*: Ist nicht auch Leutnant Hartmann bei den Ausgezeichneten? Da haben wir ja heute doppelten Grund zum Feiern.

PÜTZCHEN *beiläufig*: Kennen Sie Hartmännchen? Netter Junge.

ANNE: Warum willst du nicht zugeben, daß du mit ihm verlobt bist? Es weiß doch jeder, du hast ja bisher nicht so viel Geheimnis draus gemacht.

PÜTZCHEN: Verlobt. So'n ekliges Wort. Ich mag das nicht. Es klingt so bürgerlich, ich meine — direkt reaktionär.

HARRAS: Nämlich bei der Hitlerjugend verlobt man sich nicht mehr, das hält zu lange auf. Da könnte ja einer großjährig werden, inzwischen.

LÜTTJOHANN: Da heiratet man auch erst gar nich, da hebt man gleich die Geburtenzahl. Verzeihung, Herr General.

PÜTZCHEN, *auch schon ein wenig beschwipst, mit einer gewissen Anlässigkeit, die sich zwischen Harras und Baron Pflungk noch nicht entscheiden kann*: Immer nur 'n armes Hühnchen veräppeln, was? Aber so arme Hühnchen sind wir Mädels von heute längst nicht mehr. Heiraten — ganz nett, wenn's der Richtige ist. Aber denken Sie doch mal, all die Scherereien, die man damit hat, die ganzen Nachweise, Arierblut bis in die große Fußzehe der Urgroßmutter, Gesundheitszeugnis, Gebärtüchtigkeit, Bolleproduktion, und so weiter, is ja alles nötig von Rasse wegen — aber wenn man darauf warten will, mit seinem normalen Triebleben, da kann man alt und ranzig werden dabei.

MOHRUNGEN: Also wie du redest, Pützchen. Findest du nicht selbst, daß es zu weit geht?

PÜTZCHEN: Ach wo, so reden wir alle im BDM. Das ist das Recht der Jugend.

EILERS: Und was denkst du über die Pflicht der Jugend? Ich hoffe, du weißt, was ich meine.

PÜTZCHEN: Mein lieber Herr Schwager, nur keinen tierischen Ernst heute abend. Der kleene Hartmann hat mich schon genug angeödet. Hat er das alles von dir?

EILERS *mehr zu Mohrungen und Anne*: Der junge Hartmann, das ist wirklich ein ganz besonderer Fall. Unermüdlich im Dienst — und geradezu tollkühn. Fast zuviel, für meinen Geschmack. Sobald es irgendwo eine dicke Suppe gibt — schon meldet er sich. Dreimal am Tag, wenn's die Maschine schafft. Manchmal könnte man glauben, er — *Er vollendet den Satz nicht.*

PÜTZCHEN *mit Pflungk plaudernd*: Er sieht gut aus, Hartmännchen, das muß man ihm lassen, und überhaupt, er ist ein schneidiger Junge, drei Sportpreise, zwölf Abschüsse, Tipptopp-Gesinnung. Aber es fehlt ihm was — der richtige Zißlaweck oder so. Er tanzt nicht, denken Sie.

BARON PFLUNGK: Das ist ein großer Fehler. Sie tanzen wohl sehr gern, Fräulein von Mohrungen?

PÜTZCHEN: Rasend gern, wenn's keine volkhaften Reigentänze sind. Pützchen, gefälligst. *Plappernd.* Als Kind hab ich Trüdchen nicht aussprechen können, und Waltraut erst recht nicht, da hab ich mich selber Pützchen genannt, das ist mir hängengeblieben — *Sie lacht selbstberauscht.*

BARON PFLUNGK: Süß. — Darf ich Sie vielleicht mal ausführen, Pützchen — zu einem unserer diplomatischen Tanzabende, solange Sie in Berlin sind? Geschlossene Gesellschaft natürlich —

PÜTZCHEN: Ob Sie dürfen! Ich bleibe ja in Berlin, wissen Sie das nicht? Ich hab mich als Anwärterin gemeldet für den Führerinnenkurs der Reichsfrauenschaft — wo haben Sie Ihre Tanzabende? Im »Eden«, oder in der »Ollen Königin«? *Sie ziehen sich angeregt in eine der Nischen zurück.*

MOHRUNGEN *hat Harras einen Augenblick beiseite gezogen*: Sagen Sie, General — haben Sie was Neues in Erfahrung gebracht — in der bewußten Sache? Es wird morgen früh in der Sitzung zur Sprache kommen. Ich fürchte, man wird sich einmischen wollen — von seiten — Sie wissen schon — wenn wir nicht rasch eine Erklärung finden. Ich möchte nicht Stellung nehmen — bevor ich Ihre Meinung weiß —

HARRAS: Meine Meinung. Hm. Offiziell — oder persönlich?

MOHRUNGEN: Ich denke, wir können Vertrauen zueinander haben, Herr General.

HARRAS: Offen gesagt — ich hab noch gar keine Meinung. Oder nur — Vermutungen. Es ist eine verfluchte Geschichte. Heute nachmittag sind wieder frische Meldungen eingelaufen — unter uns, Präsident — Tragflächenbruch bei einem Dutzend fabrikneuer Maschinen. Das Material ist zur Untersuchung unterwegs. Aber ich kann mir nicht erklären vom technischen Standpunkt aus, wieso — *Leise.* — Achtung. Wir sprechen uns später.

DR. SCHMIDT-LAUSITZ *hat sich den beiden genähert*: Störe ich? Oder besprechen Sie keine Berufsgeheimnisse, an einem heiteren Abend? Ich verstehe ja nichts von Technik — aber mich interessiert das kolossal — die ganze Flugzeugindustrie, und so weiter —

HARRAS: Bei uns gibt's keine Berufsgeheimnisse, Dr. Lausitz. Das ist alles klar wie die Sonne. Der Präsident kontrolliert die Materialbeschaffung — ich kontrolliere die Herstellung unsrer Kisten — der Oberst und seine Jungens setzen sich rein und furzen damit in der Luft herum, und wenn sie fünfzig Gegner abgeschossen haben, dann hängt ihnen was zum Hals heraus, 'n Orden nämlich. Das ist der ganze Trick.

DR. SCHMIDT-LAUSITZ: Geteilte Verantwortung. Hochinteressant. Wie gesagt, ich verstehe nichts davon. Mein Ressort ist die Kultur. Totale Mobilmachung der deutschen Seele. Sie wissen. Und Aufklärung des neutralen Auslands. Auch das ist Kampf. — Wenn auch nicht mit der Waffe.

HARRAS: Ich weiß. Mehr mit'm Mundwerk. Da muß manchmal eine Art von Mut dazugehören — den ich nicht aufbringen würde.

DR. SCHMIDT-LAUSITZ: Sie schmeicheln, Herr General. *Wendet sich ab.*

LÜTTJOHANN, *der dazugetreten war, leise*: Scheißkerl.

HARRAS *zwischen den Zähnen*: Paß auf, Kleener. Besauf dich nicht.

LÜTTJOHANN: Keine Sorge. Ich tu nur so. Bin scharf auf'm Kasten.

HARRAS *nickt ihm zu, trinkt hastig.*

FRIEDRICH EILERS UND ANNE *sind zu ihm getreten.*

ANNE: Das werd ich Ihnen nie vergessen, General Harras — daß Sie ihm einen solchen Abend geben — und was Sie über ihn gesagt haben — ich meine — nicht nur die Ehre. Aber so viel Wärme und Freundschaft. Ich weiß, was es für ihn heißt. Ich glaube, so froh war er seit seiner Kindheit nicht.

EILERS: Danke schön, Anne. Du hast das ganz richtig gesagt. Ich würde das gar nicht so über die Lippen bringen.

HARRAS: Ja, du bist 'n alter steifer Holzbock, Fritze. Aber ich kenn dich genau. Du warst mir immer der Liebste von allen, obwohl du nicht säufst. Na, mach mal ne Ausnahme. *Er schenkt ihm ein.*

EILERS *lachend*: Kann ja nichts schaden — auf Urlaub.

ANNE: Wenn Sie gehört hätten, wie er mir immer von Ihnen erzählt hat. Eifersüchtig hätte man werden können. Harras ist der Erste — nach dem Führer natürlich — und dann kommt lange nichts.

HARRAS: Und jetzt haben Sie den ollen Harry in Fleisch und Blut kennengelernt. Kleene Enttäuschung, was? Gar keine Würde, für'n General. Und noch nicht mal Parteigenosse.

EILERS: Na ja, in der Beziehung — denken wir vielleicht ein bißchen verschieden. Aber wo's drauf ankommt, da gibt's keinen Unterschied. Soldat ist Soldat.

ANNE: Es ist wohl auch eine Generationsfrage. Wir sind schon halbwegs damit aufgewachsen. Uns ist das heilig. Es hat uns ja das bißchen Lebensinhalt gegeben.

HARRAS: Mein Lebensinhalt — das war immer die Fliegerei. Das hab ich gemacht von der Pike auf — schon als Freiwilliger im Jahre 14 —, und nu kann ich's nicht mehr bleiben lassen. Das ist fast wie mit'm Schnaps. *Trinkt.* Prost Kinder! Ich bin ja so froh, daß wir heut

abend beisammen sind. *Schlägt Eilers auf die Schulter.*
Seit die Rußlandzicke losgegangen ist, hab ich den Ollen
doch nur ein einziges Mal gesehen, und das war bei ner
offiziellen Stabsbesprechung. Nun setzt euch mal 'n
bißchen zu mir und klappt euer Innenleben auf. Wie
geht's denn überhaupt — ich meine — außerdienstlich?
Daheim? Was machen die Kinder?

EILERS: Ich hab sie noch gar nicht gesehen, denk dir. Bin
ja erst heute von der Front gekommen. Aber wie ich
mich auf die nächsten acht Tage freu — das kannst du dir
vorstellen.

ANNE: Na, und die Buben erst! Die können's gar nicht ab-
warten. Der Kleine versteht's ja noch nicht ganz. Aber
er kann schon sagen: Papa fliegen! Und dazu macht er
so: Ssss — —!

HARRAS: Schön muß das sein — wenn man heimkommt —
und Kinder hat.

EILERS *etwas abweisend:* Ja — wenn man heimkommt —
und — *Er verstummt, starrt auf das Glas, das er in der
Hand hält.*

ANNE: Was hast du denn — Friedrich?

EILERS *wie erwachend*: Ach — nichts. Entschuldigt, bitte.
Das war nur so komisch —

HARRAS: Was denn?

EILERS: Ich hab mich plötzlich — da in dem Glas gesehen.
Bißchen verzerrt — aber ganz genau. Mein eignes Gesicht. Komisch. Man weiß doch nie, wie man eigentlich
aussieht. *Er starrt fast erschrocken vor sich hin.*

ANNE *mit etwas gezwungenem Lachen*: Du — du hast 'n
Schwips, Friedrich.

EILERS *einstimmend, verändert, unbefangen*: Ich kann
nämlich wirklich nichts vertragen. Verzeihung, Harry.

HARRAS: Na — iß mal was. 'n tüchtiger Happen wird dir
gut tun. Besser als ne Pervitintablette — was!

EILERS *kopfschüttelnd, lächelnd*: Ja, ich glaube, ich eß mal
was. *Er geht zum Büfett.*

ANNE: Was hat er denn? Glauben Sie, es kommt wirklich
nur von dem Gläschen Wein?

HARRAS: Er soll sich mal vierundzwanzig Stunden aus-
schlafen. Und wenn er aufwacht — dann soll er — mit'm
ersten Blick — in Ihre Augen sehn, Anne.

ANNE *drückt ihm hastig die Hand*: Dank, Harry. Sie sind
— Sie sind wundervoll. *Geht rasch zu Eilers.*

HARRAS *vor sich hin*: Verflucht noch mal. Verflucht noch
mal. *Er trinkt.*

OTTO *kommt herein, strahlend*: Ganz großer Abend, Herr
General. Soeben telephonische Meldung gekommen —
der Herr Reichsmarschall wird persönlich erscheinen,
mit ein paar Herren von seinem Stab und den Damen
von der Metropolpremiere. Wir räumen grade die nie-
deren Chargen weg. Zutritt nur noch vom Obergruppen-
führer aufwärts. Übrigens: vier jüngere Herren sind
draußen, Hauptleute und Leutnants, von der Staffel
Eilers, sagen, Herr General habe sie herbeordert. Soll
ich sie reinlassen?

HARRAS, *der zuerst kaum hingehört hat, elektrisiert*: Aber
klar! Rasch, damit sie nicht eingeschüchtert werden von
all dem Brimborium. Bringen Sie sie her!

OTTO: Zu Befehl, Herr General. Alles nach Wunsch? Der
Sekt gut gekühlt?

HARRAS: Nu mach schon, Otto.

OTTO *ab.*

HARRAS: Pützchen! Nehmen Sie mal die Fingerspitzen
von der diplomatischen Weste weg. Es gibt ne Über-
raschung.

PÜTZCHEN: Schon wieder'n Toast?

HARRAS: So ähnlich. François! Frische Gläser.

*Herein treten, mit ihren neuen Auszeichnungen ge-
schmückt, Hauptmann Pfundtmayer, Oberleutnant Hastenteuffel und die Leutnants Writzky und Hartmann.
Pfundtmayer etwa so alt wie Harras, Typus bayrischer
Kraftlackel, Hastenteuffel mehr westfälisch, scharfäu-
gig, mit großen Händen und schwerer Zunge, Writzky
»kesser Junge« aus Berlin, bißchen effeminiert, aber
schneidig und elegant, Hartmann sehr jung, schmal,
blaß, mit hübschem, gescheitem Knabengesicht.*

PFUNDTMAYER, *militärisch vor Harras meldend*: Hauptmann Pfundtmayer und drei Herren von der Kampfstaffel Eilers.

HARRAS *offiziell — wobei er sich kaum das Lachen ver-
beißen kann*: Danke. Meine Herren, ich habe die
Ehre, Ihnen zu Ihren Auszeichnungen zu gratulieren

und Sie in unserm kleinen Kreis willkommen zu
heißen.

PFUNDTMAYER *salutiert vorschriftsmäßig*: Die Ehre ist auf
unserer Seite, Herr General.

HARRAS *herausplatzend*: Pfundtl! Alte Rübensau! Jünger
bist auch net geworden!

PFUNDTMAYER: Ja — Harry — alter Distelfink hätt i beinah gesagt, ja derf ma denn zu dir noch du sagen — so
a Mordsviech, was d' geworden bist.

HARRAS *zu den anderen*: Wir sind nämlich Frontkamera-
den, von 14 bis 18 —

PFUNDTMAYER: Bis 17 — Winter 17, wo's mich beim Steiß-
bein derwischt ham — so a Freid!

MOHRUNGEN: Die Herren haben sich nie getroffen, seitdem?

HARRAS: Rein per Zufall, nein. Aber ich hab schon längst
drauf gelauert. *Gibt Pfundtmayer ein volles Glas.* Zehn
Schritte zurück, Pfundtl. Kannst du's noch?

PFUNDTMAYER: I? Klar!

*Er geht zehn Schritte rückwärts, Harras desgleichen,
dann marschieren sie in komischer Travestie des Parade-
marsches mit den vollen Gläsern in der Hand aufein-
ander zu, immer rascher, so daß es aussieht, als müsse es
zu einem Zusammenprall kommen, bei dem jeder sein
Glas dem anderen ins Gesicht stoßen würde, aber im
letzten Moment schwingen sie Bauch an Bauch, die Gläser seitwärts aus und setzen sie einander an den Mund
— jeder leert das Glas des andern mit einem Zug, dann
machen sie kurz kehrt, so daß sie einen Augenblick Hintern an Hintern stehn, und marschieren wieder im gleichen Tempo an ihren Ausgangspunkt zurück, füllen die
Gläser neu. Allgemeines Bravo und Händeklatschen.*

HARRAS: So haben wir uns nämlich jeden Abend in der
Fliegermesse begrüßt — damals, bei Cambrai und vor
Verdun. Das war noch 'n Krieg.

PFUNDTMAYER: Gsoffen hammer mehr, dos geb i zu.
Gfressen hammer schlechter. *Tränen lachend.* So a Hetz!
So a Hetz! Kannst mir noch 's Glasl vom Kopf schießen, Harry? Oder traust di nimmer? *Stellt sich das wieder gefüllte Glas auf den breiten Schädel.*

HARRAS: Lüttjohann! Mein Revolver.

PFUNDTMAYER *nimmt das Glas rasch herunter, trinkt*: Naa, naa, d e n Kopf kann i net riskieren, der is noch Friedensware. *Er schüttelt sich vor Lachen.*

HASTENTEUFFEL *mit heiserer Baßstimme*: Wenn Herr General schießen wollen, bitte sehr. *Stellt sich ein ganz kleines Schnapsglas auf den Kopf, nimmt stramme Haltung an.*

HARRAS: Später, mein Freund. Nach der nächsten Flasche. Hab noch nicht die berühmte sichere Hand jetzt.

WRITZKY: Darf ich dann vielleicht mit einer Zigarette Ziel bilden? Ich hab 'ne lange Spitze. *Er stellt sich Profil, mit einer überlangen Zigarettenspitze im Mund.*

HARRAS: Ihr seid in Ordnung, Jungens. Kommt, ich mach euch bekannt. *Zu Hartmann.* Sie brauche ich ja nicht vorzustellen, Leutnant Hartmann. Fühlen Sie sich hier nur — ganz wie zu Hause.

HARTMANN *etwas verlegen*: Jawohl, Herr General. — Danke, Herr General.
Er steht mit Pützchen im Vordergrund, während Harras die andren umhergeleitet und sich lockere Gruppen bilden.

PÜTZCHEN *salopp, aber freundlich und nicht ohne Stolz auf ihn*: Na Männeken? Wie fühlt man sich? So viel Lorbeer um die junge Stirn!

HARTMANN: Ich weiß nicht — ich bin noch gar nicht ganz hier. Gestern abend noch über Leningrad — und jetzt — so rasch geht das alles.

PÜTZCHEN: Nu denk mal nicht dran, Kleiner, heb dir das Fronterlebnis für deine Memoiren auf, und sei ein bißl fesch. Hier biste in Berlin, bei Otto, am einzigen Ort im Deutschen Reich, wo noch was los ist. Kennst du Baron Pflungk, vom Außenministerium? Ein reizender Mensch. Er wird mich ausführen, auf einen der diplomatischen Tanzabende, außerdem fliegt er nächste Woche in besonderer Mission nach Vichy, Bern und so weiter, und er hat versprochen, daß er mir Schokolade mitbringt und 'n Kleiderstoff. Ist das nicht rasend nett?

HARTMANN: Sehr erfreut.

BARON PFLUNGK *stellt sich, mit etwas gemachter Selbstironie, vor*: Pflungk, Tröster der Witwen und Waisen. Aber das Ausführen kommt natürlich erst in Frage, wenn Ihr Urlaub vorüber ist, Herr Leutnant, und die junge Dame sich langweilt. Oder wollen Sie mir auch das Vergnügen machen — am nächsten Sonnabend vielleicht —

PÜTZCHEN: Ach wo, er tanzt ja nicht. Und überhaupt, was wollen Sie denn, wir sind doch nicht verheiratet.

HARTMANN: Ich — ich wollte meinen Urlaub eigentlich auf dem Land verbringen. Ich dachte — vielleicht am Rhein — in der Nähe vom Gutshof Mohrungen —

PÜTZCHEN: Warum nicht? Hindert dich keiner.

HARTMANN: Ich wußte nicht, daß du in Berlin bleiben willst. Ich dachte —

PÜTZCHEN: Also mit dem Land kannst du mich jagen. Ich hab mir nie viel aus Natur gemacht. Aber heutzutage? Zappenduster, sag ich dir. Da laufense alle mit so Gesichtern rum — wie bei nem Staatsbegräbnis. Nee — leben kann man nur noch in Berlin.

BARON PFLUNGK: Und auch das nur par occasion.

PÜTZCHEN: Ja — man muß halt seine Beziehungen haben. Und die hat man, Gott sei Dank. Harry muß uns einen gemütlichen Abend geben, in seiner berühmten Propellerbar. Da soll's zugehn! Also Geschichten hab ich gehört.

Sie wendet sich an Harras, der mit Pfundtmayer und andern der Gruppe näher gekommen ist.

HARRAS: Das scheint Sie ja wahnsinnig zu interessieren, junge Braut.

PÜTZCHEN: Einmal möcht ich bei so was dabei sein. Ist es wahr, daß die Serviermädels nur Feigenblätter tragen bei euren Festivitäten? Ich komm als Serviermädel, sag ich Ihnen.

PFUNDTMAYER: Dös wär a Hochgenuß an einem fleischlosen Tag.

HASTENTEUFFEL — *seine heisere Baßstimme schwillt plötzlich aus einer anderen Ecke herüber, wo er mit Mohrungen, Eilers, Anne und Dr. Schmidt-Lausitz steht:* — kommt er mir grad von rechts oben aus ner Wolkenbank und faßt mich in der Flanke — mit ner schweren MG-Garbe. Ich drossele ab — tauche unter ihm durch — habe Dusel und erwische ne andre Wolkenbank, schraub mich hoch und reiß ne Harras-Kurve — Sie wissen, fast mit'm

Kopp nach unten. Darauf war er nicht vorbereitet. Drei Minuten später laß ich ihn absausen — fffffft — mit'm rauchenden Schornstein. Aber ich kann euch flüstern — der Russe, der macht uns heiß.

DR. SCHMIDT-LAUSITZ: Im Einzelfall mag das stimmen. Das Gesamtergebnis jedoch, wie wir es von hier aus überblicken, heißt: technisch und moralisch unterlegen.

EILERS: Wie Sie meinen, Herr Doktor. Das Gesamtergebnis kennen wir nicht so genau. Und daß wir siegen, steht außer Zweifel. Aber ich sage Ihnen, mit den Boys von der RAF ist heute auch nicht mehr zu spaßen.

DR. SCHMIDT-LAUSITZ: Ein Krieg um Leben und Tod der Nation ist ja auch schließlich kein Spaß.

HARRAS: Bravo, Dr. Lausitz. Hauchen Sie den Herren mal den richtigen Kampfgeist ein.

DR. SCHMIDT-LAUSITZ: Das liegt mir ferne. —

LÜTTJOHANN: Müssen wir unbedingt vom Geschäft sprechen, heute abend?

PFUNDTMAYER: Du hast dich ja rechtzeitig zurückgezogen, Kapitän.

LÜTTJOHANN: Danke, ja. *Hebt mit der linken Hand seinen rechten Arm auf, der steif ist.* Aber 'n kleenes Andenken hab ich noch da drinnen, vom Londoner Blitz. Mir genügt's, für schlechtes Wetter.

PFUNDTMAYER *zu Harras*: Prost, alter Landsknecht. Die Hauptsach is, daß mir noch dabei san. I hab mir immer gewünscht, daß's noch amal losgeht. Lang genug hammer eh warten müssen. Jetzt sag i mir nur: wenn's ja net z' End geht, sag i, bevor i Oberstleutnant geworden bin.

HARRAS: Keine Sorge, Pfundtl. Vielleicht wirst auch noch »Generol«.

PFUNDTMAYER *etwas angetrunken*: Generool, Generool. Du hast's geschafft, Harry. Und wammer's recht bedenkt — i war immer in der Partei — schon beim Blutmarsch am Odeonsplatz, im Jahr 23, gleich links hinterm Führer hab i in der Pfützn gelegn. Und du, Harry, no, i will nix sagn.

HARRAS: Sag nur, sag nur, Pfundtl, immer frisch von der Leber weg.

PFUNDTMAYER: Wir alten Kämpfer, mir ham kaa Zeit gehabt für die Karriere, mir ham erst den inneren Feind liquidieren müssen. Und dann das Gschäft, und die Familie, dös war a Kreiz. I hab ins Hopfengeschäft eingeheiratet, weißt, aber es hat sich net rentiert. Der Jud is in der Konkurrenz gewesen un hat uns ausgschmiert. Mei Lieber — da lernst du hassen. Nach der Machtergreifung is mir scho besser gangen — da hab ich mich auf Arisierungen verlegt. Aber jetzt — beim Kommiß? Wos bin i jetzt? A klaaner Hauptmann — mitsamt meiner niedrigen Parteinummer. Und du — du bist der Generool. Dös is a Gerechtigkeit. *Verschlagen.* I maan — dös is a Gerechtigkeit.

HARRAS: Also hör mal zu mein Alter. Wenn du meinst: ein Nazi bin ich nie gewesen. Da hast du ganz recht. Immer nur ein Flieger. Und mein Geld hab ich mir selber verdient, hab oft genug den Kragen dafür riskiert. Ich hab auch nirgends eingeheiratet, nie aus der Parteikasse gelebt, keinen Juden bestohlen und mir kein Schloß in der Uckermark gebaut. *Eigensinnig — auch schon ein bißchen betrunken.* General oder Zirkusclown. Ich bin Flieger, sonst nix. Und wem's nicht paßt, der kann mich — *Es ist ein betretenes Schweigen entstanden.*

PFUNDTMAYER *mit offenem Mund*: Ja so was.

DR. SCHMIDT-LAUSITZ: Der Herr General meint: der Führer hat seinem Leben, das leidenschaftlich dem Flugwesen und der Luftwaffe gewidmet war, wieder ein Ziel verliehen und ihm die Gelegenheit gegeben, mit seinen ungewöhnlichen Fachkenntnissen dem Vaterland an leitender Stelle zu dienen.

HARRAS: Siehst — da hast du gleich die offizielle Fassung. Danke für die Übersetzung, Herr Doktor. Genau so hab ich's gemeint.

DR. SCHMIDT-LAUSITZ: Ich zweifle nicht daran.

HARRAS: Gewiß nicht. Sie kennen mein Inneres.

DR. SCHMIDT-LAUSITZ: Ich glaube es zu kennen, Herr General.

HARRAS: Na denn prost. *Leert ein Weinglas voll Armagnac.*

Im Hintergrund ist während der letzten Sätze Lärm und Bewegung entstanden, und jetzt kommen, von Otto

*geleitet, drei Damen vom Theater hereingebraust.
Olivia Geiß, Operettendiva, mit der fülligen Büste der
Berufssängerin, aber schlanken, fast zierlichen Beinen;
sie ist etwa vierzig, viel zu jugendlich angezogen, hoch-
blond, und ihr immer noch hübsches, sympathisches,
schon etwas schwammiges Gesicht vom Abschminken
aufgerötet, sonst nicht viel hergerichtet. Lyra Schoeppke,
rothaarig, mit Monokel, sehr weiß gepudert, so daß
man ihr Alter nicht beurteilen kann, in einem über-
mäßig eng anliegenden schwarzen Seidenkleid, das ihre
gute Figur scharf heraushebt. Diddo Geiß, ein sehr junges blondes Mädchen, mit einem ungemein frischen,
natürlichen Gesicht und großen dunkelblauen Augen.
Sie wirkt mehr wie ein Schulmädel, das zum erstenmal
auf einen Ball geht. Sie trägt ein Bund frischer Veilchen
am Ausschnitt.*

OLIVIA: Harry! Also wie ich gehört hab, daß du hier bist —
da war ich nicht zu halten! Wir sind eben eingetrudelt,
mit der Premierengesellschaft vom Reichsmarschall. Gib
dem ollen Harry 'n Kuß von mir, hat er gesagt — aber
ich weiß ja nicht, ob du Wert darauf legst?

HARRAS *hält ihr die Wange hin*: Von dir — immer. Von
Vatern — nur wenn ich ganz besoffen bin, das bin ich
noch nicht, heute abend.

OLIVIA: Na, na, mir kommt vor, du kannst schon nicht
mehr grade auf'n Strich gehn. Auf'n Kreidestrich, mein
ich. *Man lacht.* Hast du noch Selbstbeherrschung genug,
daß ich dich meiner kleinen Nichte vorstellen kann? Für
das Kind bist du nämlich eine Idealgestalt, also ent-
täusch sie nicht, wenn ich bitten darf. *Sie fällt in ihren
angestammten Dialekt.* Komm her, Diddoche, da
kannste en Held kennelerne, aus der gute alte Zeit,
wo die Prominente noch vorne gestande hawwe und die
Statiste hinne, beim Applaus. Heutzutage sin ja alles
Helde. Hinne, vorne, un in der Mitt.

HARRAS *stellt sich vor Diddo in Positur*: Nich anfassen,
bitte. Der alte Herr steht unter Denkmalschutz.

DIDDO, *die ihn mit kaum verhohlener Neugier betrachtet
hat — lacht ein wenig.*

HARRAS *beugt sich kurz über ihre Hand — zu Olivia*: Und
so etwas hältst du seit neunzehn Jahren vor mir ver-

steckt. Das nenn ich Freundschaft! *Er hält Diddos Hand fest — während sie unter seinem interessiert forschenden Blick mehr und mehr errötet.*

BARON PFLUNGK: Darf ich derweilen die Honneurs machen — *Er beginnt vorzustellen.* Präsident von Mohrungen, Oberst Eilers und Gemahlin ... *Er murmelt rasch die anderen Namen herunter, während die Herren sich vor Olivia und Lyra Schoeppke verbeugen und die Damen halb leger, halb förmlich, ihnen die Hand reichen.*

PÜTZCHEN: Trau dich ran, Hartmännchen, hier kannst du die berühmte Geiß kennenlernen, für die unsere Väter und Onkels in der Pubertät geschwärmt haben.

MOHRUNGEN *peinlich berührt, entschuldigend zu Olivia:* Nehmen Sie sie nicht ernst, Gnädigste. Meine Tochter hat manchmal eine sonderbare Art von Humor.

OLIVIA: Kenn ich. Jugend von heute. Die werden's auch noch mal billiger tun, wenn die Männer rar werden, wie nach 'm letzten Krieg. Ist der interessante Leutnant ihr Bräutigam?

MOHRUNGEN: Ja, das heißt — *Ablenkend.* Was war es denn für eine Premiere, heute abend?

OLIVIA: Die »Lustige Witwe« — immer mal wieder. Er will ja nichts anderes hören, außer Wagner. Das Ganze war mehr so 'ne Galaangelegenheit — aber für mich eine Art Jubiläum. Vor fünfundzwanzig Jahren hab ich sie zum erstenmal gesungen, genau auf'n Tag.

MOHRUNGEN *fasziniert:* War das nicht am Stadttheater in Heidelberg? Dann hab ich Sie gesehn.

PÜTZCHEN: Na, siehste.

OLIVIA: Sie erinnern sich daran, Herr Präsident? — Und wie hab ich mich verändert?

MOHRUNGEN *lächelnd:* Wenn ich mir eine Vorstellung anschauen darf und Sie dann wiedersehn, dann werde ich mir erlauben, Ihnen meine unmaßgebliche Meinung zu sagen. Aber ich bin überzeugt, Sie sind immer noch die beste Witwe. Unerreicht.

OLIVIA: Ach, den ollen Stiefel rassele ich Ihnen runter wie ne ausgespielte Grammophonplatte. Einmal wieder was Neues ... aber dazu kommt's nicht mehr bei meinen Lebzeiten.

LYRA: Mach dich nicht älter als du bist, Olly.

OLIVIA: Warum? Der Nachwuchs will auch mal ran. Meine Kleene hier — die hat heute abend ihr Debüt gehabt, mit ner neu eingelegten Sprechrolle in der Maximszene, hat der Regisseur extra für sie in den zweiten Aktschluß gezaubert, und für den Vorhang war der Allerhöchste Herr angesagt. Aber nee, nix war's.

LYRA: Scheibenhonig. Wenn ich schon in ner Aufführung bin — da kracht's im Osten. Mein oller Massel.

HARRAS *zu Diddo*: Wenn ich das gewußt hätte — dann wären wir alle zum zweiten Aktschluß gekommen. Wie waren Sie denn?

DIDDO: Ich hab keine Ahnung, Herr General. Ich war wie in Trance. Das Herz hat mir gebubbert bis in Hals, wie mein Stichwort kam — also zu meiner Hinrichtung wär ich leichter gegangen.

OLIVIA: So ein Pech, denkt euch nur. Gespielt hat sie nämlich wie ne junge Göttin. Und in der Pause hätte sie vorgestellt werden sollen. Der Reichsmarschall war ja riesig nett zu ihr, aber das ist doch nicht dasselbe, für die Kinder. Der heilige Petrus, statt dem lieben Gott, sozusagen.

DIDDO: Ich wußte ja nicht, ob er wirklich in der Loge ist, ich dachte nur: so schlecht war ich auf keiner Probe. Und dann beim zehnten Vorhang, sagt der Roisterer zu mir: Essig. An die Front abgerufen.

EILERS: An die Front abgerufen? Der Führer?

OLIVIA: Na, dafür lernst du jetzt unsren Harry kennen. Auch 'n großes Tier. *Sie tätschelt seine Wange.*

DIDDO: Das — hab ich mir wirklich fast noch mehr gewünscht — *Lachend*. Als Kind hab ich schon immer heimlich Ihr Bild angeschaut, das bei Tante Olly auf dem Nachtkastl steht —

LYRA: Aber, aber!

OLIVIA: Bitte ja, da steht es, mit Blümchen. Schon ganz gelb und blaß geworden.

HARRAS *fährt sich über die Haare*: Mich hätten Sie vor zwanzig Jahren kennenlernen sollen. Ich war nämlich auch mal jung.

DIDDO: Vor zwanzig — da war ich noch nicht ganz auf der Welt!

OLIVIA: Aber ich, prost, Harry! *Sie trinkt aus seinem Glas.*

BARON PFLUNGK: François! Herr Detlev! Wollen die Damen nicht vielleicht —

PFUNDTMAYER, *der Lyra Schoeppke mit den Augen verschlingt*: Ja trinkmeran, trinkmeran, dös muß gefeiert werden. So a Sau!

LYRA: Wen meinen Sie damit, Herr Hauptmann?

PFUNDTMAYER: Verzeihn gnä Frau — i maan — die Sau wos i hab. Den ersten Abend in Berlin — und schon — Damen vom Theater. A Sau nenn i das. *Sie lachen.*

HARRAS *zu Lüttjohann, leise*: Ruf mal im Ministerium an, was los ist.

LÜTTJOHANN: B'fehl. *Geht hinaus.*

LYRA: Sie kommen direkt von der Front, Herr Hauptmann?

PFUNDTMAYER: Dös glaubst. Gestern hammer noch tote Russen zum Nachtmahl ghabt. I hab nämlich noch nie eine Dame vom Theater direkt angerochen. Über Kümmel und Korn, wie man sagt.

PÜTZCHEN: Na beißense mal rein, Herr Hauptmann. Sie haben ja gute Zähne.

LYRA, *Pützchen deutlich ignorierend*: Da müssen Sie mir aber von Ihren Erlebnissen erzählen, Herr Hauptmann. Irrsinnig aufregend stell ich mir das vor — diese Zweikämpfe der Luft — Mann gegen Mann — wie die Turniere der Ritterzeit.

PFUNDTMAYER: Ganz genau, ganz genau. Hast gehört, Hastenteiffi? Mir saan die Ritterzeit, du und i! *Er lacht dröhnend.*

LYRA *mitlachend*: Da hab ich wohl etwas sehr Dummes gesagt —

PFUNDTMAYER: Aber gnä Frau! Gnä Frau! *Er tätschelt und küßt ihre Hand.*

OTTO *kommt wieder herein*: Der Herr Reichsmarschall läßt bitten — das Souper ist angerichtet. Bedaure, daß ich zum harten Dienst rufen muß — aber — kleines Douceur für die Herren: der Herr Reichsmarschall erlaubt sich, die Herren und Damen von der Staffel Eilers auf'n Gläschen Schampus einzuladen. — Er erwartet die Herrschaften postwendend.

HARRAS: Na, denn man los, Jungens. Den dicken Hermann seht ihr nicht jeden Tag. Da könnt ihr euch alle 'n Stück davon abschneiden.

OTTO: Kommen nicht mit, Herr General? Der Herr Reichsmarschall haben ausdrücklich —

HARRAS: Bißchen später. Er wird seine Leidenschaft für mich noch ne Viertelstunde bezähmen können. Eilers — übernimmst du die Führung?

DR. SCHMIDT-LAUSITZ: Dürfte ich nicht rasch vorher — auf drei Minuten — damit ich den Text der Sendung wegschicken kann — muß noch kopiert werden heut nacht —

EILERS: Natürlich, Herr Doktor. *Zu Pfundtmayer.* Wollen Sie mich bitte vertreten. Ich komme nach. Stellen Sie die Herren inzwischen vor.

PFUNDTMAYER *strahlend, zu Lyra:* Schaun S'? A Sau muß ma ham.

PÜTZCHEN: Die Herren u n d Damen, bitte sehr. Das geht auf uns, Anne. Bei so was läßt Pützchen sich nicht in die Ecke stellen. Was ist denn los, Männeken — oller Träumer. Schon wieder Prinz von Homburg? *Sie hängt sich bei Hartmann und Anne ein, alle ab außer Harras, Eilers, Schmidt-Lausitz, Pflungk und Mohrungen.*

OLIVIA *im Abgehen, leise, zu Harras:* Harry. Ich muß dich 'n Augenblick allein sprechen.

HARRAS: Nicht leicht heute abend. Dringend?

OLIVIA: SOS.

HARRAS: Na — vielleicht später. Sonst — hast ja meine Privatnummer.

OLIVIA: Später. *Ab.*

MOHRUNGEN *schaut Pützchen nach, die laut lachend und schwatzend verschwindet:* Die beiden Mädels — so was von Verschiedenheit — man sollte kaum glauben, daß sie Schwestern sind. Pützchen — ich muß zugeben — manchmal bin ich ihr gar nicht ganz gewachsen. Ich konnte mich vielleicht nicht genug um ihre Erziehung kümmern. *Zu Eilers.* Mama ist zu früh gestorben.

DR. SCHMIDT-LAUSITZ: Ich nehme an, der BDM wird Ihnen einen Teil der Erziehungssorgen abgenommen haben.

MOHRUNGEN *etwas bitter:* Ja — die — haben sie mir abgenommen.

Lüttjohann *ist mittlerweile zurückgekommen, geht rasch zu Harras, flüstert ihm etwas zu.*

Harras *zu Eilers, der besorgt aussieht*: Dicke Luft bei Moskau.

Dr. Schmidt-Lausitz: Es handelt sich um geringe taktische Umgruppierungen. Hauptsächlich der Witterung wegen. Wir waren im Propagandaministerium schon heute abend darüber orientiert. Der Sturm auf Moskau und Petersburg wird dadurch nicht wesentlich verzögert. Desto wichtiger ist unsre morgige Kurzwellensendung — um jeder Gerüchtemacherei die Spitze zu bieten. Darf ich Sie jetzt auf ein paar Worte bitten, Herr Oberst.

Eilers: Sowieso, Herr Doktor. Sagen Sie mir nur genau, wie ich das machen soll. Ich hab schon furchtbares Lampenfieber.

Dr. Schmidt-Lausitz *lächelnd*: Kein Grund, Herr Oberst. Sie sprechen einfach aus Ihrem echten Erleben heraus. Das Manuskript ist vorbereitet. Sie brauchen nur abzulesen. Wir nehmen ja alles auf Schallplatten auf —

Eilers: Mir ist die Hauptsache — ob ich den Mittagszug noch erreichen kann. Sie verstehen, die Kinder — Ich bin ein Jahr nicht zu Hause gewesen und möchte natürlich keinen Tag versäumen —

Dr. Schmidt-Lausitz: Das läßt sich leicht machen, Herr Oberst. *Er hat das Manuskript aus einer Aktentasche genommen.* Gehen wir vielleicht in ein Nebenzimmer — Sie verzeihen, Herr General —

Harras: Bitte, gerne.

Nachdem Schmidt-Lausitz und Eilers sich entfernt haben, zu Lüttjohann, der mit ihm, Mohrungen und Pflungk allein bleibt. Reden Sie nur frei weg. Morgen früh erfahren es die Herren ohnehin.

Lüttjohann: Soviel man im Ministerium weiß — in Rußland scheint es unter Null zu frieren. Von Bock hat kalte Füße bekommen. Er soll an der Strippe geschrien haben: Sofort zurück — sonst keine Verantwortung, und so weiter. Darauf hat sich Manitu aufs Schlachtroß geschwungen. Ich ruf noch mal an — sie erwarten neue Berichte drüben. *Ab.*

Baron Pflungk: Da werden wir bald einen Fedor von

Sündenbock haben. Was halten Sie von der Sache, General?

HARRAS: Fragen Se nich so tücksch, oller Sachse. Was ich davon halte, weiß jeder Laufjunge in der Reichskanzlei.

MOHRUNGEN: Im Ernst, General. Glauben Sie — daß was passieren kann? Ich meine — was Entscheidendes?

HARRAS: Ist schon passiert, Präsident. Sie wissen das genau so gut wie ich.

MOHRUNGEN: Sie meinen — der zunehmende Materialverbrauch —

HARRAS: Ich meine: Rußland.

BARON PFLUNGK: Strategisch gesprochen — wenn wir Rußland erledigt hätten —

HARRAS: Haben wir aber nicht. Noch lange nicht. Ich versteh nichts von Strategie. Ich weiß nur, was es kostet — vom Standpunkt der Luftwaffe aus. Was es kostet — im günstigsten Fall. Und von dem sind wir weit entfernt.

MOHRUNGEN: Glauben Sie, daß wir mit unserer Produktion nicht nachkommen können?

HARRAS: Rechnen Sie sich mal aus, was der Westen in ein, zwei Jahren aufbringen kann — und wird. Nur der Blitzmilch glaubt noch, daß wir da nachkommen können — ohne Ersatzteile — mit Hopphopp-Fabrikation!

BARON PFLUNGK: Überschätzen Sie nicht die Produktionskraft der westlichen Demokratien? Die sind doch psychologisch unterhöhlt. Und unsere U-Boote —

HARRAS: Das muß ich schon mal irgendwo gehört haben. Kommt mir so bekannt vor. Nee — ich erinnere mich noch viel zu gut an 1918 — wenn man in seiner ausgepumpten Bruchkiste gegen so 'n Dutzend psychologisch unterhöhlter Demokraten anstinken mußte. Und mehr Wasser in der Blase als Benzin im Tank. Scheiße. *Trinkt*.

MOHRUNGEN: Und wie, denken Sie, kann die Sache noch gerettet werden? Sie wollen doch nicht sagen — daß — bei unserer sonstigen Position — trotz der Reserven, die wir noch im Hintergrund haben — und unsrer synthetischen Betriebsstoffe —

HARRAS *zuckt die Achseln*: Fragen Sie das Außenministerium. *Weist mit dem Kopf auf Pflungk — füllt sich ein neues Glas.*

BARON PFLUNGK: Meiner unmaßgeblichen Meinung nach

gäbe es immer noch einen politischen Ausweg — falls ein militärischer Vollsieg vorläufig nicht erreicht werden kann. Vor allen Dingen: Amerika raushalten. Japan abblasen. Im Fernen Osten Frieden vermitteln. Dann irgendwie Separatfrieden mit Rußland — selbst um den Preis unserer Einflußzonen im Balkan und in Kleinasien — sanfter Druck auf London und Kompromißlösung zwischen uns und dem Empire — bis auf weiteres.

HARRAS *lacht*: Marke Ribbentrop, 1941er Spätlese. Vor Tische las man's anders. Nee, Kinder, der Sektfritze hat keine Ahnung, und nischt dazugelernt. Er hat geglaubt, er kennt die Engländer, weil ihm in London ein paar versnobte Lords auf die Schulter geschlagen haben und ein paar gerissene Börsianer beim Dinner zugezwinkert. Aber wenn er England kennt, dann kenne ich den Mond. — Wenn man'n Bulldogg mit'm Hintern gegen die Wand gepreßt hat, dann beißt er — bis er verreckt, oder du. Da gibt's nur eines: den eigenen Hintern freizuhalten.

BARON PFLUNGK: Ich glaube, Herr General — mit England sind Sie doch ein wenig im Irrtum. Als Henderson im August 1939 —

HARRAS: Interessiert mich nicht. Ich zähle die Häupter meiner Lieben und sage: ab dafür. Es war einmal eine deutsche Luftwaffe. Die stärkste der Welt.

MOHRUNGEN: Vielleicht hätte man den Sprung nach Osten verhindern müssen —

HARRAS: Wer? Ich? Oder meine selige Großmutter? Verhindern Sie mal, hierzulande. Mehr kann kein Elefant ins Fettnäpfchen trampeln, als ich's getan habe. Ich bin zu Hermann gelaufen und hab ihm Bescheid gestochen, wie die erste Geheimorder drüben bei der Luftfahrt durchgekommen ist. Hermann hat die Nase krausgezogen und mit der Schmalzbacke gewackelt. Dann ist er hingegangen und hat's dem Halder gesagt, und der hat's dem Keitel gesagt, und der hat's dem Brauchitsch gesagt, und der hat sich im Adlerhorst hörbar geräuspert — aber schon hat der Große Geist in Teppich gebissen und Intuition gespritzt. Pfui Teufel. *Er schüttelt sich vor Ekel.*

MOHRUNGEN *betreten*: Immerhin — man muß zugeben, daß er — in gewissen Fällen — sogar militärisch —

HARRAS: Nichts geb ich zu. Gar nichts. Die Jungfrau von Orleans mit Schweißfüßen. Zum Kotzen. Na, prost. *Trinkt. Von der anderen Seite des Restaurants, wo die Gesellschaft des Reichsmarschalls zu denken ist, hat eine leise Grammophonmusik eingesetzt, ein Walzer aus der »Lustigen Witwe« — und jetzt erscheint Pützchen in der Tür — aufgeregt.*

PÜTZCHEN: Baron Pflungk! Drüben wird getanzt. Er ist ja wahnsinnig nett — und gar nicht so dick, wie ich gedacht habe, mehr imposant. Nur ums Hinterquartier — da krachen die Nähte, wenn er aufsteht. Kommen Sie, Baron? Langsamer Walzer mit Seele.

BARON PFLUNGK: Allemal. *Faßt sie leicht um die Taille.* Ist und bleibt ja doch der schönste Tanz.

PÜTZCHEN: Wenn ein Herr führen kann — *Während Pflungk mit ihr tanzend verschwindet.* Sie können führen — das hab ich gleich gewußt.

MOHRUNGEN, *nervös mit einer Zigarette hantierend, zu Harras, mit dem er allein geblieben ist*: Sagen Sie, General — trauen Sie dem Pflungk?

HARRAS: Nicht um die nächste Ecke. Weshalb auch? Wem traut man schon.

MOHRUNGEN: Sind Sie nicht ein bißchen unvorsichtig?

HARRAS: Sicher. Das ist meine Methode. *Steckt sich eine Zigarre an.* Die wissen sowieso, was ich denke. Da sag ich's besser laut. Wenn ich mal anfange, vorsichtig zu werden, dann glauben die, ich hab die Hosen voll, und man kann mir auf'n Kopp spucken.

MOHRUNGEN: Das ist ja wahr — man ist auf alle Fälle immer verdächtig —. Jeder von uns — wer nicht zur Partei gehört oder zum innersten Zirkel. Aber vielleicht — sollte man ihnen doch nicht direkt die Gelegenheit geben — das Stichwort sozusagen —

HARRAS: Gelegenheit haben die genug, wenn sie wollen. Ihre Schnüffelhunde lungern an jedem Eckstein rum. Der lausige Schmidt zum Beispiel — der Herr mit der deutschen Seele — der die Kultur vertritt, bis sie nicht mehr aufsteht —. Ich weiß doch genau, daß er inoffiziell bei der Gestapo ist und jeden Tag zwei Berichte an

Himmlern schickt. Mir können die Jungens nischt vormachen. Aber wenn ich einem von denen auf die Fußspitzen steigen kann — dann tu ich's. Mit Genuß.

MOHRUNGEN: Sie denken, man kann Ihnen nichts anhaben — Sie sind unentbehrlich. Aber —.

HARRAS: Denk ich ja gar nicht. Weiß ich, bis zum gewissen Grad. Ihnen brauche ich nicht zu sagen, daß ich mir nichts drauf einbilde — aber es ist nu mal so. Schließlich wollen die Brüder den Krieg gewinnen — das heißt — sie können gar nicht mehr zurück. Und da gibt es nur eine Handvoll Leute, die an der richtigen Schraube drehen können und sagen: gewußt wo. Sie haben mich gebraucht — und sie brauchen mich jetzt erst recht. Außerdem — ist es mir wurscht. *Er lehnt sich in einen Klubsessel zurück und sieht plötzlich sehr müde aus.*

MOHRUNGEN *betrachtet ihn sorgenvoll*: Sind Sie wirklich so pessimistisch?

HARRAS: Das meine ich jetzt nicht. Mehr das Private. Ich weiß natürlich — sie können mich jeden Tag liquidieren. Trotz meiner Unentbehrlichkeit. Für die Jungfrau ist keiner unentbehrlich — außer dem Brückner, der mit'm geladenen Revolver neben ihm sitzt, wenn er ausfährt. Aber — es ist mir wurscht. Ich riskiere mein Leben seit 'nem Vierteljahrhundert — jeden zweiten Tag, mindestens. Und — es war sehr schön, alles in allem. Genug Mädchen — genug zu trinken — ziemlich viel Fliegerei — und — 'n paar bessere Augenblicke. Was will man mehr.

MOHRUNGEN: Sie reden, als wollten Sie Ihren eigenen Epilog halten.

HARRAS: Warum nicht? Lieber zu früh als zu spät. Aber — wenn ich nicht mehr sagen soll, was ich denke — und nicht zu rasch saufen, damit mir kein fauler Witz rausrutscht — und vorsichtig sein — nee. Dann lohnt sich die ganze Chose überhaupt nicht mehr,

MOHRUNGEN: Was lohnt sich überhaupt.

HARRAS *beugt sich vor, schlägt ihm leicht aufs Knie*: Nun fangen Sie mal nicht auch so an, Herr Präsident. Sie — ein anständiger Mensch — ein Ehrenmann — kein halber Abenteurer und Luftikus wie ich — sondern — ein Vertreter der soliden Wertbeständigkeit. Sie müssen den Kopf oben behalten.

MOHRUNGEN: Das ist es ja, General. Man versucht einen Wert zu verfechten — sagen wir: Deutschland — oder in meinem Spezialfall — die wirtschaftliche Gesundheit unserer Industrie — und unter der Hand zerrinnt einem alles in Dunst und schlechte Luft.

HARRAS: Sie sollten das nicht zu tragisch nehmen — was ich vorhin gesagt habe. Es ist immer noch eine starke Chance, daß wir den Krieg gewinnen. Man kann ziemlich viel auf die Dummheit der anderen setzen. Wo wären wir sonst.

MOHRUNGEN: Gewinnen — oder verlieren. Es ist doch nicht mehr dasselbe. Ich glaube manchmal, Harras — unser Deutschland — das wir geliebt haben — das ist dahin. So oder so. Unwiederbringlich.

HARRAS: Was für ein Deutschland haben wir geliebt? Das alte — mit'm steifen Kragen und Einglaszwang? oder das liberale mit'm Schmerbauch und Wackelbeenen?

MOHRUNGEN: Sicher nicht das — für das wir beide jetzt arbeiten.

HARRAS: Das hätten Sie früher wissen können, Herr Präsident. Damals — als Sie und Ihresgleichen die Kerls finanziert haben.

MOHRUNGEN: Man hat es sich anders gedacht. Man glaubte, man schafft sich eine Waffe gegen den Bolschewismus. Eine Waffe — in unserer Hand.

HARRAS: Ja, ich weiß. Fritz Thyssen, der Zauberlehrling, oder die Starke Hand. Eine schöne Lesebuchballade für künftige Schulkinder. Man glaubt zu schieben, und man wird geschoben. Nee. Ich hab mir nie was drüber vorgemacht.

MOHRUNGEN: Was ist dann eigentlich — Ihre Entschuldigung vor sich selbst: Verzeihung. Das geht zu weit.

HARRAS: Das geht gar nicht zu weit. Die Frage ist ganz berechtigt — unter Freunden.

MOHRUNGEN *mit Wärme*: Ich danke Ihnen für die Prämisse. *Reicht ihm die Hand.*

HARRAS, *seine Hand leicht schüttelnd*: Entschuldigung — gibt es keine. Das heißt — wenn ich mir eine schreiben lassen wollte, für den Oberlehrer, *weist mit der Zigarre zum Himmel* — dann wäre es — wegen meiner Mutter. Aber sonst — ich bin ganz kalt in die Sache hineingestiegen, und ohne Illusionen. Ich kenne die Brüder — noch vom letzten Mal. Als die im Jahre 33 drankamen — da wußte ich genau, daß 'n kleiner Weltkrieg angerichtet wird. Na, und ich hab nun mal einen Narren dran gefressen — an der Fliegerei, meine ich. Luftkrieg ohne mich — nee, das könnt ich nicht aushalten. Daher — hab ich mir gesagt — man muß ja schließlich in der Ecke bleiben, in der man seine erste Runde angefangen hat. Man kann ja nicht gut — auf der anderen Seite.

MOHRUNGEN: Natürlich nicht.

HARRAS: Ist es so natürlich? Ich weiß nicht. Vielleicht — ist es mehr Gewohnheit. Bequemlichkeit — die Wiege aller Laster. Trägheitsgesetz, oder Mangel an innerer Wandlungsfähigkeit. Unter uns gesagt — hätte ich nicht ein besseres Gefühl im Leibe, wenn ich die Reichskanzlei bombardieren würde — statt den Kreml, oder den Buckingham-Palace?

MOHRUNGEN *ist blaß geworden*: Aber — lieber General — um Gottes willen. Um Gottes willen.

HARRAS: Erschrecken Sie nicht, Präsident. Ich tu's ja nicht. Den Zug hab ich verpaßt. Und ich hätte auch bei den andren keine wirkliche Chance gehabt. Als Stunt Flier, Luftclown, Daredevil, hätte man mich drüben Karriere machen lassen. Bestenfalls beim Film — aber nicht mehr. Die haben keine Phantasie. Und das war ja das Positive an der Sache hier — für mich wenigstens. Nirgends in der Welt hätte man mir diese Möglichkeit gegeben — diese unbegrenzten Mittel — diese Macht. Die fünf Jahre, in denen wir die Luftwaffe flügge gemacht haben — die waren nicht verloren. Und wenn ein alter Wolf mal wieder Blut geleckt hat, dann rennt er mit'm Rudel, auf Deubel komm raus — ob einem nun die Betriebsleitung paßt oder nicht. Spanien — das war natürlich 'n kleiner Brechreiz. Aber als es richtig losging, die ersten zwei Jahre — da hatten wir was zu bieten, da war immerhin Stil drin. Die beste, exakteste, wirksamste Maschinerie, die es in der Kriegsgeschichte gegeben hat.

MOHRUNGEN: Das kann man wohl von der ganzen Armee sagen; unsere Heeresmaschine ist so vollkommen durchkonstruiert — daß sie jede Belastung aushalten kann.

HARRAS: Möglich. Oder auch nicht. Ich kenne Maschinen,

wissen Sie. Ich bin Techniker. Ich weiß genau, wieviel auf exakte Berechnung ankommt. Und doch. Da ist ein allerletzter Winkel — der ist unberechenbar. Der heißt: Glück — Griff — Gnade — Idee — Charakter — oder sonst was. Der kommt — woanders her. Der ist außerrational.

MOHRUNGEN: Sie waren immer eine Art Künstler. Das haben Sie in sich.

HARRAS: Nicht ganz so schlimm. Ein kleiner Schuß davon gehört wohl auch zur Technik. Jedenfalls — man ist dabei — und man hat keine Wahl!

MOHRUNGEN *nachdenklich*: Und dann sind ja doch noch — tiefere Verbundenheiten. Oder was haben Sie vorhin gemeint, als Sie sagten: Ihrer Mutter wegen.

HARRAS *lacht leise, spricht beiläufig, Rauch durch die Nase blasend*: Ach — die alte Dame. Die ist 'n Kindskopp, wissen Sie. Die sitzt da drunten in Bayern, in ihrem Landhäuschen, und ist stolz auf mich. Den Spaß möcht ich ihr nicht verderben, auf die paar letzten Jahre. Orden und Ehrenzeichen. Epauletten, Generalsstreifen und so weiter — mir könnte das alles gestohlen bleiben. Ich hab mir schon als junger Mensch nichts draus gemacht. Aber die Mutter — die strahlte. Wenn ich Erfolg hatte — dann war — ganz ehrlich — mein erster Gedanke immer: das Telegramm an die Mutter —. Vermutlich hat jeder Mann irgendeine Frau, wegen der er tut, was er tut. Sonst würden wir uns weniger abschuften, glauben Sie mir. Für mich hat sich nie eine bessere gefunden.

MOHRUNGEN *etwas abwesend, nickend, vor sich hin*: Ja, ja — die Mütter —

HARRAS *leicht geniert*: Gefühlsduselei. Damit kriegen wir unsere Karre nicht aus dem Dreck. *Steht auf, beginnt auf und ab zu gehen.* Das ist eine verfluchte Geschichte, wissen Sie.

MOHRUNGEN *angespannt*: Sie meinen — die Sache mit den Materialschäden?

HARRAS *nickt*: Soviel wir bis jetzt wissen, handelt es sich um kleine Fehler in den Legierungen, die die Gewichtsberechnung verschieben. Aber wo die eigentliche Fehlerquelle sitzt — das ist völlig im Dunkel. Ich hätte der Sache nicht zuviel Wert beigemessen — es kann ja immer mal ein Irrtum oder Leichtsinn unterlaufen —, aber es hat sich mit einer gewissen Systematik wiederholt. Dreimal, bei drei verschiedenen Lieferungen neuer Kampfmaschinen, in einer Woche. Das geht nicht mit rechten Dingen zu.

MOHRUNGEN: Glauben Sie an Sabotage? Kommunistische Umtriebe in den Fabriken?

HARRAS: Möglich. Aber nicht sehr wahrscheinlich. Grade die Systematik gibt mir zu denken. Das setzt eine planmäßig geleitete Organisation voraus — wenn es kein Zufall ist —, wie sie die Untergrundleute nicht haben, soviel man davon weiß.

MOHRUNGEN: Und wer hat eine solche Organisation?

HARRAS *grinst.*

MOHRUNGEN *perplex*: Sie meinen — wirklich? Aber — was für Interesse sollte man dort haben —

HARRAS *zuckt die Achseln*: Es ist nur Rätselraten. Ich hab keine Anhaltspunkte. Aber ich dachte schon — es sieht aus, als ob man mir eine Fallgrube schaufeln wollte. Mir persönlich. Ich trage ja die direkte Verantwortung für die Maschinen der gesamten Luftwaffe. Und es handelt sich um Materialien, die durch meine Ämter gegangen sind und von mir genehmigt sind.

MOHRUNGEN: Dann müßten Sie doch auch eine gewisse Kontrollmöglichkeit haben —

HARRAS *nervös*: Mein Gott, ja, sogar eine sehr gewisse. Aber das hat seine Grenzen! Ich kann ja nicht jedes Stück Aluminium abklopfen und an jeder Stahltrosse zerren. Ich kann Stichproben machen und die Arbeit der Unterämter nachprüfen. Vor allem ist es eine Personalfrage.

MOHRUNGEN: Und die ist wohl etwas — kompliziert, bei dem enormen Betrieb.

HARRAS: Nicht allzusehr. Man muß ein paar einzelne Leute haben, auf die man sich verlassen kann.

MOHRUNGEN: Haben Sie die?

HARRAS: Die hab ich. Oderbruch zum Beispiel.

MOHRUNGEN: Oderbruch — das ist der Chefingenieur im Materialamt, wenn ich nicht irre?

HARRAS: Ja. Ich hab den Posten eigens für ihn geschaffen. Der ist unermüdlich, arbeitet Tag und Nacht — und er hat ein Auge, sag ich Ihnen, dagegen bin ich 'n blinder Hesse. Dem entgeht nichts.

MOHRUNGEN *lächelnd*: Endlich ein Punkt, an dem der große Skeptiker in Ihnen verstummt.

HARRAS: Sie wissen, ich trau so leicht keinem. Aber die paar Leute, mit denen man mal zusammen in einer richtigen Bredouille war — in einer abtrudelnden Maschine, wenn das Seitenruder klemmt oder so —, die kennt man. Es sind wenig genug — ich brauch keine Hand, um sie nachzuzählen. Der kleine Lüttjohann zum Beispiel — und Korrianke, mein alter Chauffeur, und Oderbruch. Das sind die einzigen, auf die ich bauen kann. Aber da gibt's keine Zicken.

MOHRUNGEN: An den Rohmaterialien kann es doch nicht liegen —

HARRAS: Sicher nicht. Sie sind außer Obligo, Präsident.

MOHRUNGEN: Nicht unbedingt. Unsere Leichtmetall AG. Waldhofen und Käfertal arbeitet hauptsächlich mit Legierungen. Und dann — das Kartellsystem ist eine Großmacht — aber es ist heute hundertprozentig von der Zusammenarbeit mit den Regierungsstellen abhängig, die uns Umsatz und Preise diktieren. Man kann uns ohne weiteres den Hals zudrücken.

HARRAS: Das heißt, Sie müssen sich im Beschaffungsamt hundertprozentig auf den Standpunkt stellen, den man höheren Orts von Ihnen verlangt.

MOHRUNGEN: Ich werde mich nie auf einen Standpunkt stellen, der nicht meiner Überzeugung entspricht.

HARRAS *schweigt einen Augenblick, schaut ihn an.*

MOHRUNGEN: Ich hoffe, Sie setzen nichts anderes von mir voraus.

HARRAS: Dann wäre es am besten — wenn Sie sich morgen in der Sitzung auf gar keine Frage einlassen, die —

MOHRUNGEN *unterbricht, faßt ihn am Arm*: Pst. Ich glaube — es hört jemand zu.

HARRAS *gleichmütig*: So. Wer denn?

MOHRUNGEN: Ich hab was gesehn — auf dem Gang draußen.

HARRAS: Hee! Ist da jemand?

FRANÇOIS *erscheint in der Tür*: Vos ordres, mon général? Plus d'Armagnac?

HARRAS *lacht*: Sie haben auch schon Nerven, Präsident. Danke. François — da steht noch 'ne volle Flasche. Aber bringen Sie mir später die Weinkarte. Wir sollten mal wechseln.

FRANÇOIS: Entendu, mon général. *Ab.*

MOHRUNGEN: Glauben Sie nicht, daß der Franzose da rumspioniert?

HARRAS: Nee, nee — die Jungens hier sind in Ordnung. Und wenn schon. Was kann er gehört haben — ich weiß ja selber nichts.

MOHRUNGEN: Ein Komplott von seiten der Gestapo — das die eigene Waffe sabotiert — das will mir nicht in den Kopf, General.

HARRAS: Sie meinen, die könnten meinen Skalp billiger haben? Möglich. Ich weiß es nicht. Es sind nur Vermutungen. Sehn Sie — es handelt sich ja weniger darum, ob den Brüdern meine Nase gefällt — sondern —

MOHRUNGEN: Ich weiß. Es geht um die Luftwaffe.

HARRAS: Natürlich. Wer die Luftwaffe hat, der hat die Macht — im Fall einer Auseinandersetzung zwischen Armee und Partei. Deshalb versucht die Partei — das heißt die SS — mit allen Mitteln, die entscheidenden Positionen in ihre Klaue zu kriegen. Gelingt ihnen das, dann haben sie, sozusagen, den latenten deutschen Bürgerkrieg zum zweitenmal gewonnen. Und — da sind nur ein paar Köpfe, die dem entgegenstehen.

MOHRUNGEN: Allerdings — die besten.

HARRAS: Oder die dicksten. Wie dem auch sei — die Sache muß gestoppt werden. Es ist nämlich wirklich eine Gefahr — ich rede jetzt nicht von der Politik, sondern von unsren Jungens an der Front. Wenn die sich nicht mehr auf ihre Maschinen verlassen können —

MOHRUNGEN: Was für ein Mann ist dieser Oderbruch? Wo kommt er her?

HARRAS *lacht — wendet sich an Eilers, der grade mit Anne am Arm hereinkommt*: Friedrich! Was für ein Mann ist Oderbruch?

EILERS *aufleuchtend*: Oderbruch? Ja, wie soll ich das ausdrücken? — Dem kann man sein Vermögen anvertrauen, ohne Quittung. Sogar Weib und Kinder.

HARRAS: Bravo, Fritze, 1 a. Du wirst zum Dichter. *Zu*

Mohrungen. Er kommt aus nem guten Stall. Schlesische Katholiken, soviel ich weiß, alte Beamtenfamilie, natürlich ohne Zaster. Er hat als Monteur angefangen und ist 'n halbes Dutzend Jahre mit mir geflogen, und dann mit Eilers. Und er hat eine Sachkenntnis, ein technisches Fingerspitzengefühl – das gibt's nur einmal.

MOHRUNGEN: Da müssen Sie ja froh sein, ihn zu haben.

HARRAS: Können Se Gift drauf nehmen. *Zu Eilers.* Euch ist's wohl 'n bißchen zu laut da drüben?

ANNE *lachend*: Ja – tolle Stimmung. Pützchen tanzt schon Polka mit dem Reichsmarschall.

HARRAS: Kommen Sie, Präsident, wollen mal 'n Blick draufwerfen. *Im Abgehen.* Ich hab den Oderbruch auf die Fährte gesetzt, und ich wette, der findet heraus, wo der Hund begraben liegt – *Er und Mohrungen verschwinden.*

ANNE *legt den Arm um ihn*: Müde, Friedrich?

EILERS *zieht sie an sich*: Nicht so schlimm. Ein bißchen – abgespannt.

ANNE: Ich glaube, wir können uns bald verziehn. Meinst du nicht?

EILERS: Doch – es ist nur wegen Harras. Er hat eine solche Freude an dem Abend. Bleiben wir noch ne halbe Stunde.

ANNE: Aber nicht länger. *Zärtlich.* Du gehörst ins Bett.

EILERS: Wenn ich mit dir allein bin – dann bin ich überhaupt nicht mehr müde. Das ist – besser als schlafen. *Er küßt sie.* Ich hab mich so nach dir gesehnt.

ANNE *leise*: Weißt du – daß ich immer bei dir bin? Tag und Nacht?

EILERS *nickt*: Ich weiß es. Das hält mich aufrecht. Ohne das – wäre es manchmal – schwer zu ertragen.

ANNE: Ist es sehr hart?

EILERS *setzt sich, lehnt sich zurück*: Die Trennung, weißt du. Das Wegsein von zu Hause. – Sonst – der Dienst – die Kämpfe – daran ist man ja gewöhnt. Obwohl – es ist auch nichts Schönes, auf die Dauer. Ich meine – Leute umzubringen.

ANNE *streichelt seine Hand*: Es muß sein. Fürs Vaterland. Für die Zukunft. Für eine bessere Welt.

EILERS: Ja – es muß sein. *Lächelnd, beruhigt.* Manchmal –

gibt es Momente — die haben so etwas Merkwürdiges. Ganz unwirklich, weißt du — ganz verzaubert. So — daß man alles vergißt. *Er spricht tastend — wie wenn man sich an einen Traum erinnert.* Im Oktober, da sind wir einmal nachts aufgestiegen, bei Vollmond — es war schon ein bißchen Schnee unten — und alles wie von Silber. Ich saß ganz allein im Führersitz — und beobachtete die Ausschläge an den Schalttafeln — wie immer. Aber ich war gleichzeitig — woanders — daheim — im Siebengebirge. Plötzlich hör ich mich selber einen Vers sagen — über den Mond —, den ich längst vergessen hatte, und nie dran gedacht — über den Mond, weißt du —

> »Alt ist er wie ein Rabe,
> Sah manches Land.
> Mein Vater hat als Knabe
> Ihn schon gekannt . . .«

Ist das nicht schön?

ANNE: Wunderschön.

EILERS: Von Matthias Claudius, glaube ich. *Kopfschüttelnd.* Komische Leute, die wir sind, komisch. Guernica — Coventry — und Matthias Claudius. Wie geht das nur zusammen.

ANNE *stark beschwörend*: Nicht fragen, Liebster. Glauben. Glauben. Weißt du noch, was du mir geschrieben hast — wie du zum erstenmal weg mußtest? — Ich weiß es auswendig — und sag es mir immer vor. »Daß dich nichts beirrt — nichts dich wankend macht. Daß du glaubst, mit jeder Faser deines Innern. An Deutschland — an dich selbst — an uns — an unsere Sendung. Wer glaubt, wird überleben. Glaube!«

EILERS: Das will ich, mein Herz. Bis zum Ende.

ANNE: Bis zum Sieg.

EILERS: Bis zum Sieg — und zum Frieden. Frieden, Anne! Das wird ja auch wieder sein eines Tages. *Er lacht.* Denk mal — die Kinder — die werden sich das gar nicht mehr vorstellen können, was heute los ist in der Welt. Und vielleicht werden die einmal Maschinen fliegen — in denen kein MG eingebaut ist und keine Bombenluke — aber viele Fenster, und Beobachtungsgläser, und Meßapparate — um zu sehen, zu erkennen — zu erforschen —

die ganze Welt zu erforschen, mit offenen Augen und leichtem, frohem Sinn — dafür — dafür macht man das alles.

ANNE *fast scheu, flüsternd*: Ich liebe dich. *Sie sitzen einen Augenblick schweigend, Hand in Hand.*

Musik und Stimmenlärm sind im Hintergrund stärker angeschwollen — jetzt erscheinen auf dem Gang, Arm in Arm vorüberschlendernd, Pfundtmayer und Lyra Schoeppke, mitten im Gespräch.

PFUNDTMAYER: — am Odeonsplatz, glei links vom Führer in der Pfützn. I seh noch das Gehirn von mei'm Nebenmann am Preysingpalais picken. Dös war ein gewisser Eferdinger, Lorenz.

LYRA *schauernd*: Und Ihnen ist gar nichts passiert?

PFUNDTMAYER: Mir passiert nix. A Sau muß ma ham. Dös — schaun S', gnä Frau — is der Blutorden. Und wenn Sie dann erscht meine Narben sehn, vom letzten Weltkrieg —

LYRA: Wo waren Sie denn verwundet?

PFUNDTMAYER: Unten herum, gnä' Frau.

Er lacht dröhnend, wie über einen guten Witz. Lyra stimmt etwas gezwungen ein, sie verschwinden.

In der Tür erscheint Harras, rechts und links eingehängt in die Arme von Olivia und Diddo Geiß. Sie kommen, zu dritt, in einer Art Tanzschritt in den Raum und summen leise die Walzermelodie mit. Harras ist jetzt ziemlich betrunken, aber noch in guter Form.

HARRAS: Schaut's euch um, Kinder, das ist aus meiner Gesellschaft geworden: leere Gläser — abgegessene Teller — und ein glücklich liebend Paar. Die traurigen Überreste. Wer hat hier eigentlich eingeladen — der Specklöwe oder ich?

EILERS *ist aufgestanden, lächelnd*: Wir werden mal drüben zum Rückzug blasen, was, Anne?

HARRAS: Ja, tut mir den Gefallen und sammelt die Versprengten. Aber nicht auskneifen, Fritze. Wenn du gehst, geh ich auch.

ANNE: Er sollte wirklich bald schlafen —

HARRAS *Flaschen schüttelnd, einschenkend, mit etwas schwerer Zunge*: Bitte sehr, bitte sehr. Gehn wir alle schlafen. Gehn wir schlafen.

46

EILERS: Aber nein, Harras. Wir kommen zurück. Wir bleiben noch. Schlafen kann ich im Zug morgen.

HARRAS: Du bist ein feiner Kerl, Fritze. Du bist ein feiner Kerl. *Haut ihn auf die Schulter.* Ein feiner Kerl, obwohl du nicht säufst, und obwohl du so schmiedeeisern verheiratet bist —

ANNE *lachend*: I am sorry, Herr General.

HARRAS: Geht in Ordnung. Geht in Ordnung. Sie sind all right, Anne. Sie sind all right. Ich glaube, ich fange schon an, mich zu wiederholen. Nu macht mal, Kinder, bringt die andren zurück. Wir müssen endlich was trinken.

EILERS: Komm, Anne. Wir sind gleich wieder da — mit den andren. *Er und Anne gehen, Arm in Arm.*

HARRAS *hat in einem Glas etwas gemischt — reicht es Diddo*: Hier, mein Kind, versuchen Sie das mal. Das ist kein Cocktail. Das ist die christkatholisch-judogermanische Atheistenmischung. Wenn Sie das drunten haben, glauben Sie wieder an Gott.

OLIVIA: Um Himmels wille, Harry, mach doch das Kind nit besoffe. Du läßt es stehn, Diddolein.

DIDDO: Laß mich doch, ich weiß schon, wieviel ich vertragen kann. Prost, Herr General!

HARRAS: Herr General. Aus deinem süßen Munde. Kann ich gar nicht hören. Macht mich — direkt melancholisch macht mich das. Sag Harry zu mir. Willst du?

DIDDO: Unter einer Bedingung.

HARRAS: Erfüllt. Welche?

DIDDO: Daß Sie nie mehr »mein Kind« zu mir sagen. Auch nicht Diddolein, oder Geißlein. Das macht nämlich mich melancholisch.

HARRAS: Geißlein? Hab ich noch nicht gesagt.

DIDDO: Sie könnten es aber sagen.

HARRAS: Ganz nett — Geißlein.

DIDDO: Aber Sie sollen es nicht!

HARRAS: Abgemacht. Trinken wir drauf. Du nennst mich Harry, ich nenn dich Affenschmalz.

DIDDO: Affenschmalz — meinetwegen. Nicht schön — aber lustig.

HARRAS: Na, siehst du. Von jetzt ab werden wir beide nie mehr melancholisch sein.

DIDDO: Wenigstens nicht, wenn wir so was zusammen trinken.

HARRAS: Und wenn wir zusammen nüchtern sind, erst recht nicht. Die Hauptsache — daß wir zusammen sind. Und das werden wir doch, von jetzt ab — sehr oft?

DIDDO *trinkt, lacht*: Ich kann ruhig ja sagen. Morgen früh haben Sie's doch vergessen.

HARRAS: Mein liebes Ki — Verzeihung. Nie wieder. Mein liebes Affenschmalz. Du kennst mich nicht. Du siehst in mir einen alten vertrottelten Saufkopp. Bin ich auch. Aber wenn du glaubst, daß ich ein Wort vergessen werde, das einer von uns beiden heute abend sagt — oder — nicht sagt — dann bist du sehr im Irrtum. *Er steht nah bei ihr, beugt sich ein wenig über ihren Ausschnitt.* Frische Veilchen. Hm. — Von wem hast du die?

DIDDO: Von Tante Olly.

HARRAS: Dann ist's gut.

DIDDO *etwas verwirrt*: Ich glaube wirklich —

HARRAS: Was?

DIDDO: Ich glaube wirklich, ich möchte noch was von dieser christlichen Bolschewistenmischung oder wie es heißt.

HARRAS: Dafür muß ich dir einen Kuß geben. *Nähert sich ihr.*

DIDDO: Nein — bitte — Herr General!

HARRAS: Herr General — das kostet zwei Küsse.

OLIVIA: Sagt mal, ihr schämt euch wohl gar nicht, hier in Anwesenheit einer alten Dame herumzupoussieren. Küssen, Harry, mit deinem Mundhauch! Wenn da ein Zündholz in die Nähe kommt, gibt's ne Explosion.

HARRAS, *Diddo verfolgend*: Bei mir — schon längst Explosion — ganz ohne Zündholz.

OLIVIA: Diddolein — tu mir einen Gefallen und laß uns einen Augenblick allein. Verstehst du? Ich hab ihm was zu sagen. Was Ernstliches! *Faßt seinen Arm.*

DIDDO *erlöst*: Natürlich, Tante Olly. Ich geh hinüber und halte die anderen noch ein bißchen auf — ja?

OLIVIA: Nur fünf Minuten.

HARRAS: Aber — wiederkommen! Bitte!

DIDDO: Vielleicht — *Läuft hinaus.*

HARRAS *ihr nachstarrend*: Ganz — ganz bezaubernd. Ganz bezaubernd.

OLIVIA: Du hör mal — Finger weg, gefälligst. Das ist zu schad für dich.

HARRAS: Meine liebe gute Mutti. Du kennst mich. Rein väterliche Gefühle. Hand aufs Herz.

OLIVIA: Dich kenn ich, alter Dachkater. Und die Mädels kenn ich erst recht. Die ist schon verknallt in dich bis über die Ohren — obwohl man sich wirklich was Schöneres denken könnte, für ein junges Blut. Aber so sind sie nun mal. Du imponierst ihr — mit deinem Nimbus und deiner Persönlichkeit — und nutzt es schamlos aus.

HARRAS *plötzlich ganz nüchtern*: Ja, du hast recht, Olly. Es ist unfair. Verdammt unfair. Ich werd mich zusammennehmen, verlaß dich drauf. Nun sprich mal. Was ist los?

OLIVIA: Bist du jetzt halbwegs klar?

HARRAS: Wie reiner Alkohol. Mach rasch, die kommen gleich.

OLIVIA *nah bei ihm — leise, verzweifelt*: Bergmann ist raus. Seit letzter Woche. Du weißt, er war sechs Monate in Buchenwald, und sie haben ihn so kaputt gemacht, daß er im Spital liegt. Polizeispital, natürlich. Aber Jenny kennt einen Chefarzt, dort, der Leute tot schreibt und nachts abholen läßt, es kostet zehntausend, die hat sie aufgebracht. Sie ist entschlossen, mit ihm zu fliehen. Sie sagt, wenn er nach Polen verschickt wird, bringt er sich um. Harry — du bist der einzige, der helfen kann —

HARRAS: Augenblick mal. *Er nimmt ein Stück Eis aus einem Sektkühler, gießt etwas Kognak drüber und beginnt es zu kauen*: Daß er auf legale Weise rauskommt, — mit Auswanderervisum oder so — ist ausgeschlossen? Auch nicht für Geld?

OLIVIA: Ganz ausgeschlossen. Du weißt, wie scharf sie hinter ihm her sind.

HARRAS: Ja, ich weiß. Die werden ihm nie die arische Frau verzeihen. Und schön ist sie auch noch. Und einem Nazi weglaufen seinetwegen — nein. Er kriegt kein Ausreisevisum. Höchstens nach Litzmannstadt.

OLIVIA: Ich würde nicht zu dir kommen, wenn irgendeine andere Chance wäre. — *Tränen ersticken ihre Stimme.*

HARRAS *fährt flüchtig über ihr Haar*: Nun sei mal ruhig. Wir werden schon was machen. Ist Jenny in Form? Ich meine — als Fliegerin. Sie hat ja bei mir gelernt.

OLIVIA: Das weiß ich nicht. Aber für ihn wird sie alles tun — und alles können.

HARRAS: Natürlich — eine Sache auf Leben und Tod.

OLIVIA: Das ist es sowieso. — Aber um Gottes willen, Harry — ich möchte nicht, daß du dich selber —

HARRAS *schneidet ihr mit einer Handbewegung das Wort ab — geht zur Tür — pfeift ein Kavalleriesignal — ruft*: Korrianke! *Grinsend zu Olivia*: Unsereiner hat schließlich auch seine Bodyguard — ganz wie die anderen Gangster.

KORRIANKE *kommt im Laufschritt herein. Er ist ein viereckig gebauter, dicklicher älterer Mann — mit rotem Gesicht und Doppelkinn. Obwohl er die Uniform der Fliegertruppen trägt, sieht man ihm auf den ersten Blick den Chauffeur an. Er hat eine dünne, etwas belegte Stimme und stößt mit der Zunge an*: Zur Stelle, Herr General!

HARRAS: Passen Sie auf, Korriandoli. Wenn jetzt plötzlich jemand hereinkommen sollte, sprechen wir über eine geplante Autotour, mit Frau Geiß und ihrer Nichte, nach Kohlhasenbrück. Nehmen Sie mal Ihren Kalender raus, Sie wissen ja, wann ich Zeit habe. Verstanden?

KORRIANKE: Ganz genau, Herr General. Kohlhasenbrück.

HARRAS *mit gedämpfter Stimme*: Erinnern Sie sich an Professor Bergmann? Samuel Bergmann — den Chirurgen?

KORRIANKE *aufleuchtend*: Der uns zusammengeflickt hat, wie wir das Malheur in der Kurve hatten mit 120 km?

HARRAS: Richtig. Der Zauberkünstler, der den Leuten das Herz rausnimmt wie ne Taschenuhr, repariert und wieder reinsteckt.

KORRIANKE: Ohne mit der Wimper zu zucken.

HARRAS: Schnauze. — Sie haben ihn ins KZ gesteckt wegen Rassenschande und sechs Monate malträtiert.

KORRIANKE: Schweinerei, Herr General.

HARRAS: Schnauze. — Sie erinnern sich auch an seine Frau
— die blonde, die seinerzeit bei uns fliegen gelernt hat?

KORRIANKE: Entzückende Person, Herr General. *Schnalzt
mit den Lippen.*

HARRAS: Schnauze. — Sie treffen die beiden Herrschaften
in der Wohnung von Frau Geiß hier — wann?

OLIVIA *blaß, fast zitternd*: Übermorgen nacht.

HARRAS: Übermorgen nacht. Die genaue Zeit sage ich
Ihnen noch. Sie nehmen mit: für den Professor alten
Militärmantel und Mütze von mir, für die Dame Mon-
teuranzug, Overall, Fliegerhaube. Glauben Sie, daß Sie
meinen Wagen zum Schuppen 35 durchfahren können,
ohne kontrolliert zu werden?

KORRIANKE: Sichere Sache, Herr General. Schuppen 35.
Ohne mit der Wimper zu zucken.

HARRAS: Gut, Korrianke.

*Draußen werden Stimmen hörbar — es sind Pfundt-
mayer und Lyra, die auf dem Flur herumschäkern.*

HARRAS *spricht laut*: Also — Kohlhasenbrück — nächsten
Sonntag.

KORRIANKE *laut*: Kohlhasenbrück, Herr General. Wenn
die Damen Glück haben, können se Eislaufen. Schon
recht kühl draußen, Herr General.

HARRAS: Ja, besonders im Osten.

KORRIANKE: Ganz meine Meinung, Herr General. *Ab.*

OLIVIA *rasch*: Harry — was ist Schuppen 35?

HARRAS *leise*: Dort steht eine kleine Sportmaschine, immer
flugbereit, mit einer genauen Richtungskarte der nächsten und sichersten Luftroute in die Schweiz. Für alle
Fälle.

OLIVIA: Und — Korrianke?

HARRAS: Wo, glaubst du, hat der seine Vorderzähne gelassen. Den hab ich selbst im Jahre 34 aus dem KZ los-
geeist.

OLIVIA: Harry — du bist — *will nach seiner Hand fassen.*

HARRAS: Pscht. Schon vergessen. *Leert ein großes Glas.*
Also — wie ist es mit Kohlhasenbrück? Nicht zu früh,
was? Sagen wir: Sonntag um zwölf.

OLIVIA: Ja — wollen wir wirklich —

HARRAS: Klar! Das heißt — nur wenn das Veilchen mit-
kommt.

Olivia: Du alter Balzvogel, du ausgemauserter. *Beide lachen. Von draußen nähern sich Stimmen, Rufe, Gelächter, herein treten Pfundtmayer mit Lyra, dann — in kurzer Folge nacheinander — Writzky und Hastenteuffel, Hartmann, Eilers, Schmidt-Lausitz.*

Lyra: Allgemeiner Aufbruch drüben. Entschuldige, Olly, daß ich euer Tête-à-tête unterbreche — aber du hast jetzt genug mit deiner alten Flamme geflirtet. Kommst du mit rauf zu mir? Da ist der Roisterer mit der halben Besetzung. Bißchen Wein ist auch noch da.

Olivia: Gott ja, die Kollegen. Ich weiß nicht — ich bin eigentlich müde. Und das Kind muß ins Bett.

Lyra *lacht*: Das »Kind« hat schon zugesagt, Olly. Die kannst du doch nicht heimschicken, nach ihrer ersten Premiere. Außerdem wächst sie langsam aus den Windeln raus.

Pfundtmayer: Können S' net noch a bisserl bleiben, gnä Frau? So an abgebrochener Abend — dös is ja ungesund. An Interruptus, hätt ich fast gesagt. I maan — mir verstehn uns, gnä Frau.

Lyra *formell*: Tut mir leid, Herr Hauptmann, ich habe Gäste daheim. Aber warum wollen Sie nicht mit Ihren Freunden noch zu mir heraufkommen, wenn Sie hier Schluß machen? Sie natürlich auch, Herr General. Das wäre doch reizend, oder? Wir sind sicher noch auf, bis die Morgenblätter erscheinen.

Pfundtmayer: Angenommen, gnä Frau, angenommen. I komm. I bring a paar Flaschen mit. Krieg ist Krieg.

Lyra: Das kann nie was schaden. Gott — wenn man nur 'n Kaffee hätte. Es ist gar nicht weit, Motzstraße 3, Ecke Nollendorf. Sie können unten läuten. Rasch, Olly, der Reichsmarschall bringt uns mit seinem Wagen — also, Wiedersehn allerseits, eh die Hähne krähn.

Olivia: Wiedersehn, Harry. *Sie haucht einen Kuß auf seine Wange.*

Harras *hat nervös zur Tür geschaut — durch die jetzt gerade Writzky und Hastenteuffel eintreten.* Auf bald. Wo ist denn das Veilchen?

Lyra *im Abgehen*: Wenn Sie die kleine Geiß meinen, die ist mit ein paar jungen Leutnants vorausgegangen. *Verschwindet mit Olivia.*

Writzky *im Eintreten, lachend*: Is ja kollosiv! Und daß er es selbst erzählt, finde ich hochelegant. Kennen Herr General den neuesten Göringwitz?

Harras: Welchen?

Writzky: Wie Göring in Himmel kommt und den Falstaff trifft, und sie wetten, wer den engeren Leibriemen tragen kann, und der liebe Gott sagt —

Harras: Der hat 'n eisgrauen Bart.

Writzky: Verzeihen, Herr General. In der Front sind wir immer 'n halbes Jahr zurück. Erzählt er selbst, und lacht sich schief darüber. Find ich fabelhaft.

Dr. Schmidt-Lausitz: Der Herr Reichsmarschall hat einen gesunden Sinn für nationalen Witz und deutschen Volksmund.

Harras: Und für Popularität. Der ist sein bester Reklamechef. Neulich hat er eine Auswahl von fünfzehn Göringwitzen genehmigt und für das Repertoire der Kabarettkomiker freigegeben. Aber wehe, wenn einer falsch betont und zuviel Applaus hat. Schon marschiert er an die Ostfront, ohne Pelzstiebel.

Dr. Schmidt-Lausitz: Ja, der Herr Reichsmarschall hat ein außerordentlich feines Taktgefühl. Das ist nicht jedermann gegeben.

Harras: Stimmt. Im Propapopogandamysterium zum Beispiel solltet ihr ne Taktschulungsstelle einrichten. Die hätte was zu tun.

Pfundtmayer: Kennst den neuen Russenwitz, Harry? Der is gut, i hab ihn im Divisionskasino gehört und aufgeschrieben — *Er holt einen kleinen Zettel aus der Tasche, liest nach*. Nur — daß i's net verpatz. Zwei russische Offiziere stoßen bei dunkler Nacht in Moskau auf der Straße zusammen, beide voll mit Wodka, der eine rülpst, der andere rülpst, der eine zieht den Revolver, schießt, der andere schießt, sie wälzen sich im Blut, Ambulanz kommt, schafft sie ab. Scho gut — ha? Wanns dann alle beide in der Ambulanz liegen, fragt der eine den andern: Sag, Genosse, warum hast du eigentlich auf mich geschossen? Ja, weißt, sagt der, dir hat's aufgestoßen, das hat so gut nach Schweinswürstl geschmeckt, da hab i gedacht, die Deutschen san da. Sagt der andre: Du hast geträumt, Bruderherz, du weißt nimmer, wie

Schweinswürstl schmecken. Dös warn ka Schweinswürstl. Dös war nur a toter Volkskommissar. *Er lacht
dröhnend.*

HASTENTEUFFEL, *ohne eine Miene zu verziehen, in tiefem
Baß*: Hahaha.

DR. SCHMIDT-LAUSITZ: Echter Fronthumor.

HARRAS: Ja, Humor ist eine Göttergabe. Und schlecht
rationiert auf Erden. Was der eine zu viel hat, hat der
andre zu wenig.

PFUNDTMAYER, *ohne die Ironie zu fühlen:* Mir san Spaß-
vögel, Harry. Geh, singmeran. *Stimmt an.*

>Bonifazius Kiesewetter —
War ein Schweinehund von je —«

HARRAS *lachend*: Ich glaube, die jüngeren Herren können
das nicht mehr.

PFUNDTMAYER: Macht doch nix. Lern ma's ihna — solang
die Damen auf der Toilette san. Die Schoeppke — dös
is a strammes Mensch.

HARRAS: Und auf der Höhe der modernen Technik. Da
halt dich mal ran, mein Lieber. Wir haben sie früher
»die Tankstelle« genannt.

PFUNDTMAYER: Die — wos? Dös is gut. Dös is an Voll-
treffer. *Lacht etwas verblüfft.*

EILERS: Herr General — Verzeihung — Harry — sing du
doch was. Ich hab immer von deinen Couplets erzählen hören — aber ich war nie dabei, wenn du in Stimmung bist.

HARRAS: Bin ich in Stimmung?

EILERS: Nein? Ich dachte.

HARRAS *reißt sich zusammen*: Aber klar, Fritze. Natürlich. Wenn ich dich anschau, dann fliegen die Grillen
weg, sektionsweise, in geschlossener Formation. Wart,
ich sing dir eins. Wollen nur was einnehmen.

DETLEV *ist hereingekommen*: Herr General haben die
Weinkarte befohlen?

HARRAS: Ja. Ich möchte jetzt — was Besonderes. Nicht
zum Saufen, sondern zum Trinken. Zum Genießen.
Zum Zelebrieren, was Nobles. Was Festliches. Eine Stei-
gerung unseres Daseins. — *Blättert in der Weinkarte
herum.* Da war so eine Himmelsglocke in eurem Ge-
betbuch — die hab ich viele Jahre nicht mehr läuten

hören — aber ich erinnere mich genau — das sind Ewig-
keitswerte hier. Da steht er ja. Ich glaube, es ist euer
bester. Grade recht für heute. Wer weiß, wie lange noch.
Quatsch. *Er liest.* »1920er Lieserer Niederberg Helden,
letzte Trockenbeerenauslese, Edelfäule. Naturgewächs
aus dem Weingut Graf Schorlemer-Lieser.« Wie das
klingt. Wie ein Oktobertag.

DETLEV: Verzeihen, Herr General, der hat 'n Kreuzchen.

HARRAS: Kreuzchen? Was heißt das?

DETLEV: Reserviert. Unverkäuflich. Sind wohl nur noch
'n paar Pullen im Keller.

HARRAS: Genau die paar Pullen haben auf uns gewartet.
Reserviert? Für wen denn? Sind Sie sicher, daß die nicht
für mich reserviert waren?

DETLEV: Wollen nachschauen, Herr General. François!
Die Reservierungsliste! Die wird hier seit zwanzig
Jahren für die Stammgäste geführt.

FRANÇOIS *ist mit einem kleinen Kopierheftchen hereinge-
eilt*: Wie ist die Nummer?

DETLEV: 96. *Blättert rasch in dem Heftchen.* 96 — hier
steht's. Reserviert für — *Er beißt sich auf die Lippen.*

HARRAS: Na? raus mit der Sprache.

DETLEV: Für Herrn Remarque, Herr General.

HARRAS: Für Herrn — *Er schlägt sich auf den Schenkel, beginnt schallend zu lachen.* Kinder — das ist der beste
Witz, der mir je vorgekommen ist. Das nenn ich deutsche Treue. Das ist konservativ. Die hebt ihr ihm wohl
auf, fürs frohe Wiedersehen? *Er lachte Tränen.*

DETLEV *verlegen*: Der Wein ist nie verlangt worden, Herr
General. Die Reservierung gilt natürlich nicht mehr.

DR. SCHMIDT-LAUSITZ *ist näher getreten*: Für Erich Maria
Remarque? Den Emigranten?

HARRAS *immer mehr erheitert*: Stellt euch vor — ja! Und
der Junge sitzt in Amerika und muß Whisky saufen.

DETLEV: Soll ich ihn kalt stellen, Herr General?

HARRAS: Her damit. Kellertemperatur ist dafür grade
richtig. Wollen mal auf den ollen Boni anstoßen. Mit
dem hab ich manche Runde ausgeknobelt. Der konnte
schlucken, sag ich euch, wie ein Pelikan. Dagegen bin
ich ein müder Zaunkönig.

DR. SCHMIDT-LAUSITZ *gelb vor Wut*: Die Flasche für fünfzig Mark. Da sieht man, wie es zugegangen ist, bevor wir den Stall gereinigt haben. So haben diese jüdischen Volksvergifter gepraßt — während sich unsereiner in einer Winkelredaktion abschinden mußte.

HARRAS: Vielleicht haben Sie für eine bessere Redaktion zu schlecht geschrieben, Herr Doktor. Damals hat man noch auf gutes Deutsch gehalten. Und mit dem Jüdisch — das stimmt mal nicht in diesem Falle. Sie wissen ja, daß Remarque kein Jude ist.

DR. SCHMIDT-LAUSITZ: Bei solchem Gesindel gibt es keinen Unterschied. *Haßerfüllt.* Herr Remarque, von Ullstein! Wer mit Juden umgeht, ist selber ein Jude.

HARRAS: Und wer mit dem Schwein aus einem Trog frißt, ist selbst ein Schwein.

DR. SCHMIDT-LAUSITZ *scharf*: Was wollen Sie damit sagen, Herr General?

HARRAS: Mehr Selbstgespräch.

PFUNDTMAYER, *der nichts begriffen hat*: Du meinst, wer andern in der Nase bohrt, is selbst a Sau. Dös is a Witz. Hahaha.

WRITZKY: Erinnert ihr euch noch an den Witz aus der Röhmzeit: Wer andern in die Hose faßt, ist selbst bei der SA? *Seufzend.* Die Zeiten sind vorbei. *Er und Pfundtmayer lachen allein.*

DR. SCHMIDT-LAUSITZ *in eine plötzlich ausgebrochene Stille, steif*: Darf ich mich verabschieden. Ich habe Frühdienst. Herr General — *Verbeugt sich.* — Meine Herren.

HARRAS: Herr Doktor. *Verbeugt sich knapp.*

DR. SCHMIDT-LAUSITZ *geht.*

HARRAS *aufatmend — aus tiefster Brust*: Gott sei Dank! Jetzt — jetzt kann ich singen, Fritze. Ich kann nämlich nicht, wenn so ein Miesnick mich immer aus'm falschen Winkel fixiert. Ich bin kein Sänger, weißt du. Aber jetzt — jetzt hab ich Lust. *In strahlender Laune.* Detlev! Wo bleibt der Wein? Herr Remarque hat ne trockene Kehle! *Er räuspert sich.* Ich fang mal an — mit dem prähistorischen Pilotenlied — das stammt noch aus der Grashopperzeit, ich glaube vom alten Fokker persönlich. Der Refrain geht als Kanon, da müßt ihr alle einfallen, sagen wir — der Rangliste nach. Eilers zuerst.

EILERS: Um Gottes willen. Ich bin vollkommen unmusikalisch.

HARRAS: Das macht nichts. Es handelt sich nicht um Musik. *Er hat eine Gitarre genommen, die an der Wand hängt, und schlägt ein paar Akkorde an, beginnt dann mit einer Art Sprechgesang.*

»Der Flieger fliegt bei Tag, der Flieger fliegt bei Nacht,
Er fliegt in Sturm und Wolken, wenn es blitzt und wenn
es kracht,
Er fliegt auf schöne Mädchen. Sapperlot mit Saus und
Braus,
Und wenn er ne schiefe Landung macht, dann fliegt der
Flieger raus.«

Refrain:
»Darum Puff, darum Puff, darum Aus-Puff-Puff —
Immer schneller der Propeller,
Immer besser Herr Professor,
Darum Puff, darum Puff, darum Aus-Puff-Puff —
Fliegste runter, fliegste ruff,
Immer Puff, immer Puff.«

ALLE *fallen unter Hallo und Händeklatschen ein, man wiederholt den Refrain in gesteigertem Tempo.*

EILERS *lachend*: Das ist gut. Das müssen wir im Kasino einführen — damit man mal auf andere Gedanken kommt.

HARRAS: Saublöd. Aber schön. — Kinder, ich sage nur: Prost. *Detlev hat eingegossen und die Gläser verteilt.* Nehmen Sie auch ein Glas, Hartmännchen, das ist kein Alkohol. Das ist flüssige Sonne. Riecht mal erst. *Alle haben wie er das Glas gehoben und schnuppern daran.*

HARRAS *fast feierlich*: Noch besser geworden. Da gibt's keine Zeit und keine Zeiten. Wißt ihr denn überhaupt, was ihr da trinkt? *Zu Eilers.* Bist du mal durchs Moseltal gefahren und hast an den Hängen hinaufgeschaut — wo sich das alte Rebholz im nackten Schiefer hält? Tausend Jahre, mein Lieber. Tausend Jahre Leben, und Arbeit, und Volk. Ganz ohne Propaganda.

EILERS *leise*: Auf Deutschland.

HARRAS *sein Glas hebend*: Auf das Deutschland, in dem er gewachsen ist. Das echte. Das unvergängliche.

In der Tür erscheinen Anne, Pützchen, Pflungk, Moh-
rungen.

PÜTZCHEN: Was ist denn los — ist hier einer gestorben?
Klingt wie ne Grabrede.

EILERS: Ihr habt was versäumt. Harry hat gesungen.

HARRAS: Los, Kinder — puffen wir noch mal, für die
Damen.
Zweite Strophe:

»Wer weiß, ob wir uns wiedersehn, die Welt ist kugel-
rund,

Sah ein Knab ein Röslein stehn, wohl um die zwölfte
Stund —

Nimm dir was, dann haste was, du holder Morgen-
stern —

Hau deiner Ollen mit der Panne auf de Pott, das ist der
Tag des Herrn.«

Refrain:

»Darum Puff, darum Puff, darum Aus-Puff-Puff —

Immer schneller der Propeller,

Immer besser Herr Professor —«

*Die andern fallen ein, Harras — mit der Gitarre im
Arm — improvisiert mit ihnen, mehr oder weniger
schwankend, eine Art Maschinentanz. Alles lacht,
klatscht, singt durcheinander.*

PFUNDTMAYER *dazwischenrufend*: Harry. Singmeran
aus'm letzten Krieg — *Stimmt an.*

»Ich glaube — ich glaube —

Dort oben fliegt — ne Taube —«

HARRAS *spielt und singt, Pflungk und Pützchen tanzen,
Pfundtmayer walzt mit Hastenteuffel, Writzky quäkt
mit hoher Stimme nach Art eines Damenimitators. Eilers hat den Arm um Anne gelegt, nun beginnen sie auch
zu tanzen, Mohrungen schaut lächelnd zu; Hartmann,
allein, leert plötzlich das Glas, das er noch in der Hand
hält, schenkt es sich wieder voll, leert es wieder. Harras
geht jetzt in andere Schlager aus der Zeit des letzten
Krieges über, die er kombiniert, verwechselt, durchein-
anderspielt, während Stimmung und Lärm immer höher
schwellen:*

»Herr Leutnant, Herr Leutnant, Herr Leutnant, nicht
so tief —

Herr Leutnant, Herr Leutnant, die Sache geht sonst
schief —
Auch im Sumpf, auch im Sumpf, auch im Sumpf —
Auch in Galizien, mein süßes Miezjen —
Lebe wohl, ich muß von dannen ziehn —
Bleib mir treu, wenn dir's auch schwerfällt in Berlin —
Denn so leben, so leben die Mädels vom Chantant —
Die nehmen die Liebe nicht so tra — gisch —«

LÜTTJOHANN *ist unterdessen vom Gang her eingetreten.*
Er bleibt in der Tür stehn. Sein Gesicht ist ernst. Er
winkt Harras mit den Augen. Harras, spielend, die Gi-
tarre im Arm, schlendert unauffällig zu ihm hin, wäh-
rend die andern weitersingen und -tanzen. Dann bricht
das Gitarrenspiel ab.

PÜTZCHEN *singt noch allein*:
»Die nehmen die Liebe nicht so tra — gisch.«
Es wird still.

HARRAS *geht langsam durchs Zimmer, legt die Gitarre*
zwischen die leeren Teller und Gläser auf den Büfett-
tisch. Dann dreht er sich um, schaut Eilers an. Es ist
ganz still geworden. Selbst Pützchen, an Pflungk ange-
lehnt, schweigt. Nach ein paar Sekunden sagt Harras,
mit einer sehr ruhigen, nüchternen Stimme: Die Herren
von der Staffel sind an die Front zurückbeordert. Sämtliche Urlaube sind aufgehoben. Sie melden sich marschbereit um acht Uhr dreißig im Luftfahrtministerium,
Transportabteilung, und gehen mit neuen Maschinen
zur Heeresgruppe Smolensk. *Er schweigt einen Augen-*
blick, zündet sich eine Zigarette an. Da ist nichts zu
machen, Kinder. Das ist uns oft passiert. Ich wollte, ich
könnte mitkommen. Aber — ich werde euch bald besuchen. Sobald ich den Laden hier mal ein paar Tage sich
selbst überlassen kann.

EILERS *blaß, gefaßt*: Meine Herren — ich wiederhole: acht
Uhr dreißig, marschbereit, im Luftfahrtministerium,
Transportabteilung, Heil Hitler.

DIE OFFIZIERE *haben Haltung angenommen.*

HARTMANN *mit flammenden Augen, hebt die Hand hoch*:
Heil Hitler!

DIE ANDERN *wiederholen formell*: Heil Hitler.

MOHRUNGEN *hat Annes Hand gefaßt, streichelt sie*: Das

ist der Krieg, mein Liebling. Wenn die Pflicht ruft —
da gibt's kein Privatleben. Kränk dich nur nicht zu sehr,
mein Herz.

EILERS *lächelnd*: Die Sache hat nämlich ihr Gutes. Wenn
sie uns jetzt die acht Tage kassieren — wegen einer feind-
lichen Offensive vermutlich, mit der wir sicher bald
fertig werden, dann müssen sie uns dies Jahr Weih-
nachtsurlaub geben. Und Weihnachten zu Hause — das
wär ja doch am schönsten. Letztes Jahr haben wir unsre
Feiertage auf Nordseepatrouille verträumt. *Seine ruhi-
ge, gelassene Überlegenheit ist echt und springt auf die
andern über. Die Erstarrung löst sich. Man spricht
durcheinander.*

PFUNDTMAYER: Und i hab gedacht, i hab a Sau. Kreizteiffi.
Jetzt, wo i die Frau meines Lebens getroffen hab —

HASTENTEUFFEL: Bei dir kann sich's nur um die Sau deines Lebens handeln, alter Saubär.

PFUNDTMAYER: I bitt schön. Das bitt i mir aus. Da versteh
i kan Spaß. I hab eh a Wut, sag i dir.

WRITZKY: Ich schlage vor, wir lassen unsere Wut an den
Russen aus. Nur keine gegenseitige Verstimmung.

PFUNDTMAYER: A was, heit nacht wird noch gerauft.

EILERS: Ich meinerseits halte es für vernünftig, noch ein
bißchen zu schlafen. Du nimmst mir nicht übel, Harry,
wenn wir uns jetzt verabschieden —

HARRAS: Gewiß nicht. Geht ruhig nach Haus, Kinder.

PÜTZCHEN *ist zu Hartmann getreten*: Du scheinst dich ja
direkt zu freuen, Männeken. Zum erstenmal, daß du ein
menschliches Gesicht aufsetzt, heute abend.

HARTMANN *antwortet nicht.*

PFUNDTMAYER: Wer nach Haus geht, is a Hund. Die Ver-
heirateten natürlich ausgenommen.

PÜTZCHEN: Das gefällt mir. Du bist ein Kämpfer. Das
find ich fabelhaft heroisch. *Legt den Arm um ihn.*

HARTMANN, *ohne zu antworten, macht sich ruhig, aber bestimmt von ihr los.*

PÜTZCHEN: Na bitte. Na, denn nicht. Ich will mich nicht
aufdrängen.

HARRAS: Meine Herrschaften, Sie sind beurlaubt. Mit dem
Rest der Nacht fängt jeder an, was er möchte. Ihr geht
wohl noch zur Schoeppke hinauf?

PFUNDTMAYER: Dös glaubst. Mir drahn durch bis um acht, und dann a kalte Abreibung — brrr.

HARRAS: Denn man tau. Vielleicht komm ich nach. Ich muß hier noch liquidieren.

Er verabschiedet Pfundtmayer, Writzky und Hastenteuffel mit Handschlag, die drei gehen.

PÜTZCHEN: Uh — jetzt wird's fad. Sollten wir nicht auch noch ein bißchen hingehen, Baron?

BARON PFLUNGK: Zu Lyra? Ich weiß nicht, ob das ganz passend wäre —

MOHRUNGEN: Ganz unpassend. Du kommst jetzt mit ins Hotel, Pützchen. Es ist viel zu spät für dich.

PÜTZCHEN: Mein Gott — väterliche Autorität. Immer am falschen Platz. Wie gut, daß du wieder nach Mannheim mußt.

MOHRUNGEN: Also, Pützchen —

PÜTZCHEN: Schon recht, Alterchen. Ich komm ja. *Küßt ihn leicht auf die Stirn.*

MOHRUNGEN *strahlend*: Na siehst du. Man will doch nur dein Bestes.

BARON PFLUNGK: Ich kann Sie alle bringen, ich hab meinen Dienstwagen draußen.

HARRAS *bei Anne und Eilers, an der Tür*: Gute Nacht, Anne. Lassen Sie bitte im Ministerium Ihre Telephonnummer zurück. Ich werde Ihnen alle Funkberichte durchsagen lassen, die wir von der Front bekommen, damit Sie immer aus erster Hand Nachricht haben, wenn er nicht schreiben kann.

ANNE: Vielen, vielen Dank. Es war so schön heute abend. *Drückt warm seine Hand.* Auf Wiedersehn!

EILERS: Falls ich Weihnachten zu Hause sein sollte, mußt du uns besuchen, Harry. Willst du?

HARRAS: Natürlich. Ich verspreche es dir.

Während der letzten Sätze haben er und Lüttjohann die Gäste hinausbegleitet und verschwinden jetzt mit ihnen zur Garderobe, von wo man noch ihre Stimmen bei der Verabschiedung hört.

PÜTZCHEN *ist einen Augenblick bei Hartmann stehengeblieben, der nicht mit hinausgegangen ist*: Kommst du nicht mit? Pflungk wird dich gerne bringen.

HARTMANN: Ich bin nicht müde.

PÜTZCHEN: Du bist mir doch nicht böse?

HARTMANN, *ohne sie anzuschauen, schüttelt den Kopf.*

PÜTZCHEN: Wir können doch gute Freunde bleiben. Warum nicht?

HARTMANN *steif*: Natürlich.

PÜTZCHEN: Na, dann — auf Wiedersehn. Und viel Glück. *Mit so viel Wärme, wie sie aufbringen kann.* Bleib gesund, Lieber. Ich denk an dich.

HARTMANN: Danke.

Sie nähert ihm ihr Gesicht und bietet ihm die Lippen, aber er beugt sich nur kurz über ihre Hand. Sie zuckt die Achseln, geht. Er richtet sich auf, dreht sich auf dem Absatz, geht langsam zum Tisch, steht abgewandt, leert ein Glas.

HARRAS *kommt mit Lüttjohann zurück*: Na Kleener, jetzt wollen wir mal ganz unter uns — *Er bemerkt Hartmann — verstummt. Beide schauen einen Augenblick zu ihm hin.*

HARTMANN *dreht sich um, zögert — nimmt Haltung an. Dann — etwas hilflos.* Darf ich mich verabschieden, Herr General?

HARRAS: Wollen Sie nicht noch ein bißchen bleiben, Leutnant Hartmann?

HARTMANN *unsicher*: Ich möchte nicht stören, Herr General.

HARRAS: Aber Sie stören hier niemanden. Ganz im Gegenteil. Ich freue mich, wenn Sie bleiben. — Wissen Sie was? Wollen Sie mir einen kleinen Gefallen tun?

HARTMANN: Bitte gehorsamst, Herr General.

HARRAS: Schaun Sie doch raus, wo mein Wagen steht, und lassen Sie sich von Korrianke mein Zigarettenetui geben. Ich hab noch echte. Ich kann den Kamelmist nicht riechen, den uns der Rommel aus der Wüste schickt.

HARTMANN: Gerne, Herr General. *Geht.*

HARRAS *schaut ihm nach. Dann zu Lüttjohann*: Was ist nur los mit dem Jungen. Liebeskummer? Oder steckt mehr dahinter? Sonderbarer Kerl. Kaum über zwanzig — und redet die ganze Nacht kein Wort.

LÜTTJOHANN: Vielleicht ist das nur so'n Schweigsamer, Herr General. 'n Stiller im Lande. Davon gibt's ne ganze Menge im Deutschen Reich. Hei, wie gern ich die habe, Herr General. Denen könnt ich stundenlang mit ner Stopfnadel im Hintern pieksen. Die schweigen so vor sich hin, so tiefsinnig, so bedeutend, weil se nämlich gar nischt zu sagen haben. Denen fällt überhaupt nichts ein, und da sin se noch stolz drauf. Ich kenne die Sorte. Ich bin ja selbst von der Waterkant, da steht so'n großer Schweiger in jedem Wellblechhäuschen rum. Das sind verschlossene Naturen. Verschlossen, wie ne leere Kassette. Det sin tiefe Menschen — so tief, wie'n ausjepumpter Brunnen. Keen Droppen drin. Lauter hohle Borke, da wackelt der Eichboom, wenn 'n Specht mit'm Schnabel dran kloppt. Die schweigen noch im Bette, Herr General. Die schweigen sich een ab.

HARRAS *hat nachdenklich lächelnd zugehört*: Is gut, Kleener. Du hast 'n helles Köppchen. *Da Hartmann wiederkommt.* Jetzt laß uns mal 'n bißchen allein. Aber trink aus, vorher. Nur nichts verkommen lassen.

LÜTTJOHANN *leert sein Glas*. Haben Herr General sonst noch Befehle?

HARRAS: Sag draußen, man soll mir die Rechnung fertigmachen. Wir sehen uns später im Amt.

LÜTTJOHANN: Allemal, Herr General. *Ab.*

HARRAS *füllt sein und Hartmanns Glas, nimmt eine Zigarette aus dem Etui, bietet es Hartmann an, der ablehnt. Auch Harras zündet die Zigarette nicht an, spielt nur damit. Mehr zu sich selbst*: Nein — zu diesem Wein nicht rauchen. Todsünde, hätte mein Vater gesagt. Und der hat was davon verstanden. Prost, Hartmann.

HARTMANN: Danke, Herr General! *Er trinkt nicht, schaut unter sich.*

HARRAS *setzt sein Glas ab, zieht einen Stuhl für Hartmann nah zu dem seinen, beugt sich zu ihm vor*: Na, Hartmann. Jetzt machen Sie mal den Mund auf. Es hat doch keinen Sinn, daß Sie da hinterm Busch herumdrücken, wie ein hartleibiger Hühnerhund. Platzen Sie doch mal, Mensch! Explodieren Sie! Fluchen Sie sich aus! Sagen Sie mal »Hol's der Teufel!« und denken Sie dabei an wen oder was Sie wollen. Kommen Sie — wir machen es zusammen eins — zwei — drei —

BEIDE: Hol's der Teufel!

HARRAS: Lauter.

BEIDE: Hol's der Teufel!

HARRAS: Noch lauter.

BEIDE: Hol's der Teufel!!!

Hartmann, nach dem letzten Mal, leert sein Glas auf einen Zug und schmeißt es gegen die Wand.

HARRAS: Bravo! Ist Ihnen jetzt wohler?

HARTMANN, *schwer atmend und ganz erschrocken über sich selbst*: Ein bißchen, Herr General.

HARRAS: Na, sehn Sie. Man muß manchmal die Atmosphäre reinigen, damit man nicht erstickt. Ich hoffe, Sie haben dabei, in einer hinteren Hirnfalte, auch an mich gedacht. Von wegen Reinigung der Atmosphäre. Wir könnten uns dann viel besser verständigen.

HARTMANN: Ich — ich verstehe nicht ganz, Herr General.

HARRAS: Ach, Sie Schlauer. Sie wissen ganz gut, was ich meine. Glauben Sie, ich hätte Ihr Gesicht nicht gesehen, wenn ich die Kulturlaus angepflaumt habe? Sie finden doch meine Witze empörend, und meine politische Haltung skandalös. Oder?

HARTMANN: Ich habe mir darüber kein Urteil zu erlauben.

HARRAS: Aber Sie erlauben sich eins! Nur nicht kneifen, mein Junge! Ich weiß, was Sie denken — und sehn Sie, ich nehm's Ihnen noch nicht mal krumm. Denn das sind ja nicht Ihre eignen Gedanken. Das ist nur, was man in Sie hineingestopft hat. Ihre Parteierziehung, die sagt Ihnen, es ist eine Schande mit dem Harras. Aber Ihr besseres Ich, das hat seine leisen Zweifel, wie jedes bessere Ich. Und jetzt will ich Ihnen was sagen, Hartmann. Jetzt wollen wir mal den ganzen Stiebel vergessen und so tun, als ob wir Menschen wären. Ja? Vergessen Sie bitte, daß ich Ihr General bin und daß wir verschiedene Ansichten haben und aus verschiedenen Fässern abgezogen sind — denken Sie einfach, wir wären beide in Zivil, und alte Freunde, und in dieselbe dusselige Schule gegangen. Können Sie sich das für fünf Minuten vorstellen?

HARTMANN: Nein, Herr General!

HARRAS *seufzend*: Ein guter Anfang. — Dann will ich's anders fassen. Wenn ich jetzt irgend etwas sagen oder fragen sollte, was mich nichts angeht, oder worüber Sie

nicht reden wollen — dann sagen Sie einfach: Schnauze.
— Werden Sie das tun?

HARTMANN *leicht lächelnd*: Ich glaube kaum, Herr General.

HARRAS: Sie sind ein schwieriger Junge. Mit Ihnen kann man nur Fraktur reden. Alsdann. Was ist mit der kleinen Mohrungen? Seid ihr ernstlich verkracht — oder ist es nur eine Kiste?

HARTMANN *unbewegt, mit einer fast maskenhaften Starrheit*: Es ist aus, Herr General. Fräulein von Mohrungen hat die Verlobung gelöst. Das heißt — wir waren noch nicht offiziell verlobt. Aber — der Herr Präsident war einverstanden.

HARRAS: So. Hm. Warum denn?

HARTMANN *stockend, aber immer im Ton eines militärischen Rapports*: Wegen einer Unklarheit in meinem Stammbaum, Herr General. Meine Familie kommt nämlich vom Rhein. Mein Vater und Großvater waren Linienoffiziere — es besteht kein Verdacht einer jüdischen Blutmischung. Aber — eine meiner Urgroßmütter scheint vom Ausland gekommen zu sein. Man hat das öfters in rheinischen Familien. Sie ist unbestimmbar. Die Papiere sind einfach nicht aufzufinden.

HARRAS *hat sich auf die Lippen gebissen, brummt vor sich hin*: So so. Daran liegt's. Da läuft so ein armer Junge mit einer unbestimmbaren Urgroßmutter herum. *In aufsteigender Wut.* Na, und was wissen Sie denn über die Seitensprünge der Frau Urgroßmutter? Die hat doch sicher keinen Ariernachweis verlangt. Oder — sind Sie womöglich gar ein Abkömmling von jenem Kreuzritter Hartmann, der in Jerusalem in eine Weinfirma eingeheiratet hat?

HARTMANN *sachlich*: So weit greift die Rassenforschung nicht zurück, Herr General.

HARRAS: Muß sie aber! Muß sie! Wenn schon — denn schon! Denken Sie doch — was kann da nicht alles vorgekommen sein in einer alten Familie. Vom Rhein — noch dazu. Vom Rhein. Von der großen Völkermühle. Von der Kelter Europas! *Ruhiger.* Und jetzt stellen Sie sich doch mal Ihre Ahnenreihe vor — seit Christi Geburt. Da war ein römischer Feldhauptmann, ein schwarzer

Kerl, braun wie ne reife Olive, der hat einem blonden Mädchen Latein beigebracht. Und dann kam ein jüdischer Gewürzhändler in die Familie, das war ein ernster Mensch, der ist noch vor der Heirat Christ geworden und hat die katholische Haustradition begründet. — Und dann kam ein griechischer Arzt dazu, oder ein keltischer Legionär, ein Graubündner Landsknecht, ein schwedischer Reiter, ein Soldat Napoleons, ein desertierter Kosak, ein Schwarzwälder Flözer, ein wandernder Müllerbursch vom Elsaß, ein dicker Schiffer aus Holland, ein Magyar, ein Pandur, ein Offizier aus Wien, ein französischer Schauspieler, ein böhmischer Musikant — das hat alles am Rhein gelebt, gerauft, gesoffen und gesungen und Kinder gezeugt — und — und der Goethe, der kam aus demselben Topf, und der Beethoven, und der Gutenberg, und der Matthias Grünewald, und — ach was, schau im Lexikon nach. Es waren die Besten, mein Lieber! Die Besten der Welt! Und warum? Weil sich die Völker dort vermischt haben. Vermischt — wie die Wasser aus Quellen und Bächen und Flüssen, damit sie zu einem großen, lebendigen Strom zusammenrinnen. Vom Rhein — das heißt: vom Abendland. Das ist natürlicher Adel. Das ist Rasse. Seien Sie stolz darauf, Hartmann — und hängen Sie die Papiere Ihrer Großmutter in den Abtritt. Prost.

HARTMANN *unverändert, nur etwas trauriger*: Fräulein von Mohrungen ihrerseits hat den Nachweis über vier Generationen. Das genügt zur Eheschließungslizenz mit Waffen-SS und für jede Parteikarriere. Darunter wird sie nicht heiraten. Sie hat Ehrgeiz. Sie möchte nicht — in der zweiten Linie stehn.

HARRAS *ausbrechend, mit rotem Gesicht*: Dann seien Sie doch froh, daß Sie die Schneppe los sind! Und lassen Sie den Kopf nicht hängen — wegen so einer Gans! Verdammt noch mal. *Er haut auf den Tisch, unbeherrscht.* Die ist doch nichts als ne hohle Randverzierung, und so billig wie 'n angebissener Appel. Die is doch keine Briefmarke wert. Die ist 'n Spaß für acht Tage Urlaub, bestenfalls. Der haut man den nackten Hintern mit der Reitpeitsche, damit sie 'n Andenken hat, und vergißt, wie sie heißt, eh man die Treppe runtergeht.

HARTMANN *hat den Kopf auf die Brust sinken lassen.*

HARRAS *verstummt — schaut ihn ganz erschrocken an — steht auf — tritt nah zu ihm — sehr zart*: Mein Gott — Junge — hab ich dich verletzt? Das hab ich nicht gewollt. Das ist mir so rausgerutscht — aus Wut, verstehst du. Ich weiß — dir war es Ernst mit dem Mädel. Ich respektiere das. Ich — hab das nicht so gemeint.

HARTMANN *schaut auf, sieht ihn an*: Sie haben es so gemeint, Herr General. *Leise*. Sie hatten recht.

HARRAS: Nein. Ich war ungerecht. Ich bin zu weit gegangen — und es tut mir leid.

HARTMANN: Sie hat mir gesagt, ich sei lebensuntüchtig — weil ich die Sache nicht leichtnehmen kann — und lieber ganz verzichte, als mein Gefühl zu erniedrigen. Vielleicht ist es wahr. Vielleicht bin ich fürs Leben nicht tauglich, oder nicht bestimmt. Aber fürs Sterben reicht es, Herr General.

HARRAS: Sei kein Frosch, mein Junge. Mit Leben und Sterben hat das überhaupt nichts zu tun. Das war eine verkorkste Sache, von Anfang an. Ihr paßt gar nicht zusammen. Schlag sie dir aus dem Kopf, so rasch du kannst. Schluck's runter, und beiß die Zähne zusammen. Ich weiß, es schmeckt wie Rotz mit Galle, zuerst. Aber glaub mir — eine verkrachte Jugendliebe ist nicht ärger als die Masern. Es ist eine Kinderkrankheit der Phantasie, sonst nichts. Man muß durch — und man wird gesünder davon. Denk nicht mehr dran. Es gibt Besseres auf der Welt. Größeres.

HARTMANN: Jawohl, Herr General. Der Tod auf dem Schlachtfeld ist groß. Und rein. Und ewig.

HARRAS *sehr ruhig*: Ach Scheiße. Das sind olle Tiraden. Ich weiß — du empfindest was dabei — aber was Falsches, verstehst du? Der Tod auf dem Schlachtfeld — der stinkt, sag ich dir. Er ist ziemlich gemein, und roh, und dreckig. Hast du nicht selbst gesehen, wie sie rumliegen? Was ist da groß dran? und ewig? Er gehört zum Krieg, wie die Verdauung zum Fraß. Sonst nichts. Du sollst den Tod nicht fürchten, wenn du ein Mann bist. Du sollst nicht vor ihm ausreißen. Aber du sollst ihm trotzen, wenn du ein Mann bist — und ihm widerstehn, und ihn überlisten, und ihn hassen wie die Pest. Wer ihn anbetet

— wer ihn vergöttert und verklärt — oder gar — ihn sucht — der ist kein Held. Der ist kein guter Kämpfer. Der ist ein Narr.

HARTMANN: Ich weiß. Wir dürfen unser Leben nicht leichtsinnig aufs Spiel setzen. Es gehört nicht uns.

HARRAS: Wem sonst, zum Donnerwetter? — Sagen Sie jetzt auf keinen Fall: dem Führer. Sonst sehe ich rot.

HARTMANN *starr*: Wir müssen der Truppe unsere Kampfkraft erhalten bis zum letzten Blutstropfen.

HARRAS *etwas hilflos*: Ach du lieber Gott. Wenn ich nur einmal diesen letzten Blutstropfen nicht mehr schlucken müßte. Mir ist schon ganz übel davon. Du sollst deine dämlichen Blutstropfen beisammenhalten, verstehst du — oder wenigstens genug davon, daß du nicht abflatterst. Du sollst überleben, hörst du? Durchkommen, rauskommen, wiederkommen — und deine eigne Haut heimbringen, heil und gesund, und so zäh und weich und haltbar wie gut gegerbtes Wildleder. Schau — ich bin doch selbst ein alter Soldat. Ich versteh doch was von dem Geschäft. Und ich sage dir: jeder, der im Feld was wert sein soll, muß die Hoffnung haben und den Willen, durchzukommen. Am Ende gewinnt ja doch, wer überlebt. Wer ohne Hoffnung kämpft — der ist schon halb verloren. Und Hoffnung — das ist, daß man sich auf etwas freut. Ein junger Mensch muß sich doch freun — aufs Leben! Mit oder ohne Pützchen. — Schwamm drüber. Aber freust du dich denn nicht darauf, nach Hause zu kommen — wenn der Krieg mal aus ist?

HARTMANN: Ich weiß nicht, Herr General. *Da Harras ihn fragend anschaut — nach einer Weile*: Ich hab kein richtiges Zuhause, auf das ich mich freuen kann. Mein Vater ist im letzten Krieg gefallen. Drei Tage vor Schluß. Ich habe ihn nie gekannt. Ich kam erst später zur Welt. Meine Mutter hat dann wieder geheiratet — einen Kaufmann, der Geld verdiente, reich wurde — während unser Volk arm war. Ich konnte ihn niemals lieben oder achten. Das hat mich dann auch der Mutter entfremdet. Ich habe ihn sogar gehaßt. Ich dachte immer: der nimmt jetzt alles und genießt es, was mein Vater geopfert hat. Seinem Volk geopfert. Ich hatte nie ein Zuhause, Herr General, bis —

HARRAS: Hm?

HARTMANN: — bis ich zur Hitler-Jugend kam. Meine Heimat war das Schulungslager. Die Ordensburg. Und dann — die Truppe. *Sein Gesicht, das für einen Augenblick weicher geworden war, hat sich wieder verschlossen. Er schaut unter sich.*

HARRAS *betrachtet ihn schweigend, füllt die Gläser. Dann beginnt er auf und ab zu gehen und langsam, leise, fast wie im Selbstgespräch, zu reden*: Hören Sie mir zu, Hartmann — oder lassen Sie es bleiben, ganz wie Sie wollen. Ich sage jetzt — was mir heute nacht durch den Kopf gegangen ist — seit ich Sie sehe, Hartmann. Sie sind jung, aber Sie wissen es nicht. Vor Ihnen liegt das Leben — aber Sie wissen es nicht, was das Leben ist. Sie stecken in einer Krebsschale, in einer Austernmuschel, die Sie für die Welt halten, und spüren nicht, daß draußen, um Sie her, der ungeheure Ozean rauscht. Ich aber sage Ihnen, das Leben ist schön. Die Welt ist wunderbar. Wir Menschen tun sehr viel, um sie zu versauen, und wir haben einen gewissen Erfolg damit. Aber wir kommen nicht auf — gegen das ursprüngliche Konzept. Woher das stammt — das weiß ich nicht. Ich bin kein Denker, und kein Prophet. Ich bin ein Zeitgenosse. Ein Techniker, ein Soldat. Aber ich weiß — das Konzept ist gut. Der Plan richtig. Der Entwurf ist grandios. Und der Sinn heißt — nicht: Macht. Nicht: Glück. Nicht: Sättigung. Sondern — die Schönheit. Oder — die Freude. Oder beides. Nennen Sie es von mir aus, wie Sie wollen — vielleicht gibt es kein Wort dafür. Es ist das, was wir in unsren besten Stunden ahnen, und besitzen. Und dafür — nur dafür — leben wir überhaupt. Hören Sie zu, Hartmann, was der alte Mann quasselt?

HARTMANN *still, einfach*: Ja.

HARRAS: Haben Sie je als Kind auf einer Wiese nach einem Schmetterling gejagt? Sehn Sie — da waren Sie hinter der Schönheit her. Diese kleine Wiese — mit dem verstaubten Straßengebüsch — das ist Ihre Heimat. Das — und der klare Bach, in den Sie Kiesel geworfen haben. Sind Sie nicht oft erschrocken, wenn das Ding hineinplumpste, und verschwand? Unsere Heimat, Hartmann, ist die Erinnerung. Die gute und die böse. Die Wiesen und die Tümpel der Erinnerung — daraus wir uns Bilder machen, so groß wie Himmel und Hölle.

Haben Sie eine Ahnung, wovon ich rede?

HARTMANN: Ja.

HARRAS: Ich rede von dir, mein Junge. Von dir, und von mir. Von uns Männern sozusagen. Männer sind eine komische Tiergattung. Von Zeit zu Zeit packt sie der große Koller, und sie müssen ihn austoben. Wir verpassen ungern eine Gelegenheit, um übern Strang zu hauen. Der Krieg — ist eine unserer ältesten Ausreden dafür. Männer sind natürlich nie ganz normal. Bei uns ist immer eine Schraube los — oder was verdreht im inneren Mechanismus. Wir murksen hier herum, als ob wir dafür bezahlt würden. Wir bauen die Oberfläche der Welt nach eigenem Entwurf, und dann zerstören wir sie, bis zum Souterrain — damit ein neuer Entwurf durchkommt, von dem wir keinen Dunst haben. Vielleicht der unserer Feinde. Vielleicht der des Besiegten. Der ursprüngliche Entwurf aber — nach dem es uns immer zieht — der ist schön. Er überwältigt uns, wo wir seine Zeichen sehn — auch wenn wir die Formel nicht begreifen. Warum sind Mineralien so schön? und Nordlichter? oder die Maserung in einem Stück Holz? Und was wir selber machen, voll Bosheit und Hintertücke — es hilft nichts — wenn es gelingt, ist es schön. Ein Panzerkreuzer ist schön. Und ein schwerer Bomber. Und eine Jagdmaschine — so schön wie ein Pferd im Sprung. Und eine Stahlbrücke über einen Fluß. Und ein alter wurmstichiger Bauernkasten. Ein Baum im Herbst. Und ein Gewitter. Und eine Sonnenblume. Und, manchmal, sogar ein menschliches Gesicht — Herrgott, Hartmann! Glaubst du mir nicht, daß es sich lohnt zu leben? Sehr lang zu leben? Ganz alt zu werden? *Er leert sein Glas.*

HARTMANN *hebt sein Glas bis zu den Lippen, ohne zu trinken. Er sitzt unbewegt, und es laufen Tränen über sein Gesicht.*

DETLEV *schaut herein — er hält einen Telephonapparat mit Steckanschluß in der Hand*: Muß leider stören, Herr General. Sie werden verlangt. *Er schaltet den Apparat ein, legt gleichzeitig die zusammengefaltete Rechnung auf den Tisch, geht langsam zur Tür zurück.*

Harras *hat das Telephon aufgenommen*: Hallo! Ja, Lyra, natürlich bin ich in Form. Rüberkommen? Ich weiß nicht recht. Sag mal—ist die Kleine noch da? Welche Kleine— dusselige Frage. Ja, bitte — möcht sie sprechen. *Er wartet einen Augenblick mit dem Apparat am Ohr — bringt mit der freien Hand eine Zigarette in Brand, summt nervös vor sich hin.* Guten Morgen, Affenschmalz. Ja, ich habe dir was zu sagen. Ich dachte eben an die Veilchen, die du an der Brust getragen hast. Stell sie ins Wasser. Es wäre zu schad, wenn sie kaputtgehn. Sie waren vorhin noch ganz frisch. Willst du? Wie? Werd ich mir pressen und aufheben, wie ein kleines Mädchen. Doch, das ist mein Ernst. Nein — ich komm noch rüber. Das gibt es nicht. Du bleibst natürlich. Also gut. Ganz sicher. In zehn Minuten. Auf Wiedersehn. *Er hängt ab — nimmt den Hörer noch einmal für eine Sekunde auf, lauscht hinein, legt ihn wieder zurück. Sein Blick gleitet zu Hartmann hinüber. Dessen Kopf ist auf die Stuhllehne gesunken. Er sieht mehr aus wie ein Toter als wie ein Schlafender. Harras geht rasch zur Tür, pfeift — ruft*: Korrianke! — *Korrianke erscheint, hinter ihm Detlev und François.*

Harras *weist mit dem Kopf auf den schlafenden — oder erschöpften — Hartmann.*

Korrianke: Sektleiche, Herr General?

Harras: Nee, Übermüdung. Der Wein war vielleicht auch ein bißchen zu schwer. Bringen Sie ihn heim, Korrianke — legen Sie ihn ins Bett — sorgen Sie dafür, daß er schläft, und wenn ich komme, machen wir ihm ein ordentliches Frühstück, das ihn wieder hochbringt. Er muß um halb neun an die Front zurück.

Korrianke: Der junge Mann sollte sich krank melden, Herr General. Der braucht ne Ausspannung.

Harras: Das tut er nicht. Nu mach schon. Hauptsache, daß er noch 'n paar Stunden Ruhe hat. Schaffen Sie es allein?

Korrianke: Ohne mit der Wimper zu zucken. *Er hebt Hartmann hoch, mit bärenhaften Armen, aber mit einer fast mütterlichen Umsicht, trägt ihn hinaus.*

Harras: Nehmen Sie meinen Wagen, der ist besser gefedert. Und rufen Sie mir ein Taxi. *Er hat die Rechnung*

aufgenommen, schaut flüchtig darüber hin, nimmt einen
großen Schein aus der Brieftasche, reicht ihn Detlev.

DETLEV: Werde sofort wechseln.

HARRAS: Unsinn. Der Schnitt ist für euch beide.

DETLEV: Das ist zuviel, Herr General. —

HARRAS: Sie werden mich nicht mehr erziehen, Detlev.
Wer als Verschwender geboren ist, stirbt als — naja. Ich
bin zu müde für ein Bonmot. Gute Nacht.

DETLEV UND FRANÇOIS: Gute Nacht, Herr General. Vielen
Dank. Mille fois merci.

HARRAS *hebt noch einmal den Telephonapparat auf —*
lauscht hinein: Komisches Geräusch da drinnen. *Legt den*
Apparat wieder zurück — während er langsam hinaus-
geht, zur Wand lauschend. Tickt immer noch. Na —
meinetwegen. *Ab.*

DETLEV UND FRANÇOIS *bleiben allein. François beginnt die*
Kerzen zu löschen, pfeift leise vor sich hin.

DETLEV *hat Harras nachgeschaut, wartet bis man das Ge-*
räusch des abfahrenden Autos hört — dann geht er zum
Telephon — wählt eine Nummer — wartet. François
hört auf zu pfeifen — beobachtet ihn, an einem Glas
Wein nippend, das stehengeblieben ist.

DETLEV: Hallo? Hier Detlev. Bitte Geheimstelle C, Nacht-
zentrale, Kommissar Degenhardt. — Jawohl, Herr
Kommissar. Alles glatt abgelaufen. Aber es war ein
kleines Nebengeräusch, das beinah aufgefallen wäre.
Bitte sehr? Nur teilweise verständlich? Nicht meine
Schuld, Herr Kommissar. Der Lärm, Sie wissen — jawohl. Zu Befehl. Pünktlich zur Stelle. *Hängt ab.* Hat
nur teilweise funktioniert. Technische Neuheit. Radio-
diktaphon mit telephonischer Plattenübertragung. Noch
nicht ausprobiert. Tickt 'n bißchen.

FRANÇOIS *leise*: C'est dégoûtant.

DETLEV *fährt herum, starrt ihn an*: Du, halt die Klappe
und laß nur keinen falschen Triller raus. Wenn's der
Otto erfährt, sollste was erleben. Der muß seine Unschuld bewahren, sonst verpatzt er alles.

FRANÇOIS: C'est dégoûtant.

DETLEV *näher bei ihm, drohend*: Dir hab ich in der Hand,
Quadratpuppe. Willste vielleicht in 'n Gefangenenlager?
oder mang die Auslandsarbeiter in de Jaßfabrik? *Ruhi-*

ger. Glaubst du, ich mache das gern? Zum Kotzen is mir das. Aber — wat heißt hier Schweinehund. Hierzulande is jeder sich selbst der Nächste. Ich hab schon 1916 die Neese voll gehabt. Was willste machen, wenn einer daherkommt und hält dir ne Ansprache: »Nun hören Sie mal zu, Mann. Sie als Kellner haben eine besondere Gelegenheit, dem Staate zu dienen.« — Und schaut dir so eiskalt ins Ooge. Da kannste nicht nein sagen, Mensch. Außerdem hab ich Familie.

FRANÇOIS: Merde.

Zweiter Akt

GALGENFRIST oder DIE HAND

Die Wohnung des Generals Harras im »Neuen Westen«. Geräumiges Atelier im Dachgeschoß eines modernen Hauses. Es ist im Stil der Epoche, solide und handfest, doch mit etwas abenteuerlichem Charakter eingerichtet. Wenige gut gemachte Möbel: ein langer, schmaler Zeichentisch, von allerhand technischem Material bedeckt; ein Schreibtisch mit Akten, Broschüren, Telephon. Ein offener, rotgeziegelter Kamin, ein paar bequeme Sessel und Holzstühle, viel Rauchzeug, eine Couch mit Kamelhaardecken, ein Grammophonradio. Die Wände hell gestrichen, bis zur halben Höhe mit Büchergestellen verkleidet, darüber ein paar alte Lauten, eine Sammlung exotischer Schmetterlinge, eine vielfach durchlöcherte Schießscheibe, einige Holzschnitte und Tierbilder von Franz Marc. Da und dort die wilde Fratze einer afrikanischen Tanzmaske. In einer Ecke Beduinenlanzen, orientalische Flinten und Handwaffen, Bogen und Pfeile, ein arabischer Sattel, eine Negertrommel.
Ein kleiner Nebenraum, nach Art einer Werkzeug- oder Umkleidekammer an das Atelier anschließend und durch eine bewegliche Bambuswand halb abgedeckt, ist als Bar eingerichtet, deren Rahmen aus angesplitterten Propellern und allen möglichen Bruchstücken zerschossener oder abgestürzter Flugzeuge besteht. Sie ist auch innen mit phantastischem Gerümpel, Kriegs- und Reisetrophäen, Photographien von Fliegern, Mädchen und wilden Tieren vollgestopft.
Türen rechts und links vorne führen zur Küche und zum Flur.
Es ist später Nachmittag, aber noch hell, kurz vor der ersten Dämmerung. Durch die hohen Glasfenster der Rückwand sieht man den winterlich weißen, blendenden Himmel über der Stadt Berlin. Die schweren Verdunkelungsvorhänge sind zurückgezogen.
Korrianke steht reglos am Fenster, beobachtet mit einem Feldstecher die Straße drunten. Lüttjohann, rauchend, geht

mit hastig nervösen Schritten im Raum auf und ab, immer bis zur gleichen Stelle und wieder zurück.

LÜTTJOHANN *nach einer Weile, bleibt stehen, schaut auf die Armbanduhr:* Verdammt. Das ist nicht auszuhalten. *Stampft mit dem Fuß, geht zum Telephon, wählt eine Nummer.* Hallo Luftfahrt. Hier spricht Hauptmann Lüttjohann. Geben Sie mir Apparat 12—96. — Oderbruch? — Was Neues? — Nein, hier auch nicht. — Ich sage Ihnen doch, um zehn Uhr früh bekam ich die Order, mich in seiner Wohnung bereitzustellen. Ohne nähere Angaben. Jetzt ist es fünf. — Jaja, Gerüchte, Gerüchte. Die ganze Weltgeschichte ist nur ein Gerücht. Nur daß es manchmal stimmt. Natürlich. Sobald ich was weiß. *Hängt ab.* Verdammt. *Beginnt wieder auf und ab zu gehen.*

KORRIANKE *hat den Feldstecher abgesetzt und dem Gespräch gelauscht. Jetzt nimmt er ihn auf, starrt wieder auf die Straße.*

LÜTTJOHANN: Lassen Sie das sein, Mensch! Es ist ganz sinnlos. Sie machen mich rasend. Das ist doch keine Regatta!

KORRIANKE *düster:* Nur keine Nervenkrise, Herr Hauptmann, Sie warten seit sieben Stunden. Ick warte seit vierzehn Tagen. Da heißt es: La rue — die Ruhe.

LÜTTJOHANN: Er macht mich rasend. La rue, die Ruhe. Wissen Sie, was mein alter Kommandeur immer gesagt hat? Mensch, Sie hätten Baumeister werden sollen. Ihnen fällt nichts ein.

KORRIANKE *fast schreiend:* Seit vierzehn Tagen! Und et kam wie der Blitz ausm Blauen! Wir hatten 'n kleenen Ausflug vor, Kohlhasenbrück, Wagen volljetankt und allens — plötzlich kommt er rauf, alleene, bißchen grün um die Kiemen, und sagt: Korriandoli, mal rasch die kleine Handtasche, Zahnbürste und Nachtzeug genügt, ich muß'n paar Tage verreisen. Und keen Wort weiter. Und raus. Ick luchse runter — wat seh ick? Benz Mercedes, Modell 41, schwarze Limousine mit Luxuskarosserie, Reichsflagge, Parteiabzeichen, SS-Wimpel, rotes G wie Gustav in weißer Gösch. Da denke ich: dicke Luft, denke ich da.

LÜTTJOHANN: Das haben Sie mir jetzt genau achtzehnmal erzählt. Beim neunzehnten Mal bekomme ich einen Schreikrampf! *Kramt in seinen Taschen, bringt eine leere Zigarettenschachtel zum Vorschein.* Teufel. Das war die letzte. *Schmeißt die Schachtel weg.*

KORRIANKE *stockend*: Herr Hauptmann? Hand aufs Herz — glauben Sie's? oder glauben Sie's nicht?

LÜTTJOHANN: Gar nichts glaub ich. Was soll ich denn glauben? Offiziell heißt es, er ist an der Ostfront, und das glaubt keener. Aber das ist noch lange kein Grund für Ihre Miesmacherei.

KORRIANKE: Ick mach ja nich mies, Herr Hauptmann. Nich direkt mies. Aber im Ausland soll es in der Zeitung jewesen sein, und im britischen Radio hat es jeheißen —

LÜTTJOHANN: Is ja Quatsch. Das haben seine Freunde vom Pressestammtisch in der Taverne lanciert, weil sie sich einbilden, daß ihm das hilft. Blödsinn, so was. Kann genau das Gegenteil bewirken.

KORRIANKE: Ick weiß doch Bescheid. Ick war doch selber drin. Du rufst Heil Hitler, sagt einer zu mir — ick beiße die Zähne zusammen, damals hatt ick se noch. Krach, ha ick den Kolben in der Fresse. — Wenn er mir nich rausjeholt hätte — die hätten mir Stück für Stück fertiggemacht. Ohne mit der Wimper zu zucken.

LÜTTJOHANN: Das traun sie sich nicht, mit einem General. Das beginnt erst beim Hauptmann abwärts. Ich sag dir, mein Junge, er wickelt sich raus, er kommt zurück, heut noch, warum hätten sie mich sonst hierher beordert. Vielleicht um die Asche in Empfang zu nehmen? Die schickense per Post. *Beginnt wieder hin und her zu rennen.*

KORRIANKE: Der Fahrstuhl! Psst! Der Fahrstuhl geht — *Man hört durch die offene Flurtür das surrende Geräusch des Fahrstuhls. Beide lauschen.*

LÜTTJOHANN: Er kommt rauf.

KORRIANKE *rennt hinaus.*

Ein Mann in Zivil kommt hastig herein. Er hat den Hut tief ins Gesicht gedrückt. Korrianke dicht hinter ihm.

KORRIANKE: Halt, halt, wer sind Sie denn überhaupt?

LÜTTJOHANN, *Hand am Revolver*: Bleiben Sie stehn. Was wollen Sie hier?

DER MANN *schlägt die Hutkrempe zurück*: Hello, Cap'n.
   How d'you do?

LÜTTJOHANN: Buddy! Das sind Sie!

LAWRENCE: Ja, immer noch. Ganz gesund, nur etwas kurz
   mit Luft. Die hatten mir einen Schatten angehängt, aber
   ich habe mich verrochen.

LÜTTJOHANN: Verduftet.

LAWRENCE: O ja, so blöd, verduftet natürlich. Verduftet.
   *Wirft sich erschöpft auf einen Stuhl, beginnt zu rauchen.
   Er ist Mitte der Zwanzig — sein Gesicht, mit klugen,
   etwas betrübten Augen, wirkt sauber und klar geschnit-
   ten, obwohl es jetzt unrasiert und verstaubt ist. Spricht
   fließend, fast ohne Akzent.*

LÜTTJOHANN: Regen Sie sich ab, Korrianke, Sie kennen
   doch Buddy Lawrence, oder nicht? Unseren Freund von
   der New Yorker »Judenpresse«.

LAWRENCE: Gewesen, Cap'n. Gewesen. Schreibverbot, seit
   gestern abend. Warte auf meine Ausweisung. Hoffentlich kommt sie noch recht.

LÜTTJOHANN: Weil Sie die Meldung gebracht haben —
   über Harras?

LAWRENCE: Das war nur der Schaum auf dem Bier. Mein
   Maß war voll. *Er lacht.*

KORRIANKE: Sie — Herr — Mister — haben Sie das be-
   richtet, daß General Harras tot wäre? Wie kommen Sie
   dazu? Was wissen Sie von ihm? Wo ist General Harras?

LAWRENCE: Das wollte ich Sie fragen. Deshalb bin ich ja
   hier. In den Mittagsblättern steht, General Harras soeben von einer Frontinspektion zurück. Gesehn hat ihn
   keiner. Und die Geschichte, daß er liquidiert worden
   sei, hatten wir aus der Front.

LÜTTJOHANN: Aus der Front? Dort sinse abergläubisch.
   Dort hamse zuviel Zeit. Dort fressense zu viele Bohnen.
   Dort hockense stundenlang auf Latrine rum und druck-
   sen Jerüchte aus. Is ja nich wahr. Kann ja nicht wahr
   sein. Oder kann es? Kann es?

LAWRENCE *zuckt die Achseln*: Ich dachte, wenn es nicht
   wahr ist, dann macht es wenigstens Stunk und man
   fragt nach ihm. Manchmal hat so was genutzt. Manchmal nicht. — *Er drückt seine halbgerauchte Zigarette
   aus.*

LÜTTJOHANN: Was halten Sie von einem Tauschhandel, Sir? Zwo Zigaretten gegen einen Kognak.

LAWRENCE: Gute Idee.

KORRIANKE: Kognak Fehlanzeige, Herr Hauptmann. Besserer Stoff verdunstet, nicht nachzukriegen. Nur Schwarzwälder Kirsch, aber knorke. Neunundneunzig Prozent, Marke Totenkopf. *Schenkt ein.*

LAWRENCE: Klingt der Lage entsprechend. Danke. *Trinkt.* Das war höchste Zeit. Auf dem Kaiserdamm bin ich vom Bus gesprungen und zehn Blocks zickzack gelaufen. In meiner Wohnung sind sie auch schon. Aber ich wurde gewarnt.

LÜTTJOHANN: Warum gehen Sie nicht auf Ihre Gesandtschaft?

LAWRENCE: Stuffed shirts. Nur im Notfall. Ich habe die Wartesäle sämtlicher Berliner Bahnhöfe abgeschlafen. Es war sehr interessant. *Er gähnt.*

KORRIANKE: Psst! Der Fahrstuhl!
Alle lauschen. Gleich darauf läutet die Türglocke.

LÜTTJOHANN: Mensch, renn doch!

KORRIANKE: Det is er nich. Er hat 'n Schlüssel mit.

LÜTTJOHANN: Aaskram, verdammter. Vielleicht hat er ihn verloren.

KORRIANKE: Macht er nich. Nich im Traum.
Es läutet wieder. Korrianke geht.

LÜTTJOHANN: Wäre es nicht gescheiter, Sie würden sich verflüchtigen? *Weist auf die Küchentür.* Man kann nie wissen —

LAWRENCE: Ausgeschlossen. Zu neugierig.
Beide starren auf die Tür. Herein tritt Schmidt-Lausitz in seiner schwarzen Parteiuniform. Er steht einen Augenblick im Türrahmen, mustert die beiden ohne Gruß. Korrianke dicht hinter ihm.

DR. SCHMIDT-LAUSITZ *nimmt seine Mütze ab, dreht sich plötzlich mit einem scharfen Ruck zu Korrianke um, reicht ihm die Mütze*: Aufhängen.

KORRIANKE *murmelt*: Mit Genuß. Ohne mit der Wimper zu zucken. *Bringt die Mütze hinaus.*

DR. SCHMIDT-LAUSITZ *tritt näher, hebt kurz die Hand*: Heil Hitler.

LÜTTJOHANN *grüßt militärisch.*

LAWRENCE: Howdy.

DR. SCHMIDT-LAUSITZ *wendet sich zu ihm*: Ich bin keineswegs überrascht, Sie hier zu finden. Wir sind über jeden Ihrer Schritte informiert.

LAWRENCE: Die Amerikanische Gesandtschaft desgleichen, Herr Kulturleiter.

DR. SCHMIDT-LAUSITZ: Das ist sehr umsichtig gehandelt. Sollte Ihnen ein Unfall zustoßen, ein Straßenunfall zum Beispiel, so ersparen Sie dadurch den Behörden die Mühe der Nachforschung und der Identifikation.

LAWRENCE: An einen Straßenunfall hatte ich dabei nicht gedacht.

DR. SCHMIDT-LAUSITZ: Dann sollten Sie vorsichtiger sein. Mit Abspringen von Fahrzeugen, und so weiter. Es könnte Ihnen leicht etwas passieren.

LAWRENCE: Keine Sorge. Ich bin gewohnt, auf mich aufzupassen.

DR. SCHMIDT-LAUSITZ: Desto besser für Sie. *Verändert, fast freundlich*. Ich nehme an, Sie sind schon um Ihr Ausreisevisum eingekommen? Als Mensch würde ich Ihnen raten, sich damit zu beeilen.

LAWRENCE: Sie sind als Mensch sehr liebenswürdig, Herr Doktor. Wie Sie sehen, mache ich bereits Abschiedsbesuche. Es scheint allerdings etwas schwierig, seine Freunde zu Hause anzutreffen. Lebendig, meine ich.

DR. SCHMIDT-LAUSITZ: Wenn Sie sich von General Harras verabschieden wollen — dann hätten Sie sich besser in die Adlon-Bar begeben. Es dürfte Sie interessieren, daß er auf seiner Rückfahrt dort haltgemacht hat, um den Vertretern der Auslandspresse über seine Inspektionsreise an die Ostfront zu berichten. Natürlich nur der wahrhaft neutralen Auslandspresse.

LAWRENCE: Zu der zu gehören ich nicht mehr die Ehre habe.

DR. SCHMIDT-LAUSITZ: Sofern Sie es für eine Ehre halten, so hatten Sie sie nie. Ich halte es für eine Ehre. — Jedenfalls ist mit diesem Presseempfang auch aller künftigen Gerüchtemacherei die Spitze abgebrochen.

LAWRENCE: Vorschußdementi? Genau wie bei einer geplanten Invasion.

DR. SCHMIDT-LAUSITZ: Das können Sie auffassen, wie Sie

wollen. Ihr Standpunkt interessiert hier nicht mehr. *Wendet sich an Lüttjohann.* General Harras wünscht seine Amtsgeschäfte unmittelbar wieder aufzunehmen. Bevor Sie ihm Bericht erstatten, möchte ich Sie auf die große Verantwortlichkeit seiner derzeitigen Untersuchungen aufmerksam machen. Sie ruht nicht nur auf ihm, sondern auch auf seinen persönlichen Mitarbeitern.

LÜTTJOHANN: Verstehe.

DR. SCHMIDT-LAUSITZ: Vielleicht nicht ganz. Sollten Sie zum Beispiel gewisse Beobachtungen gemacht haben, mit denen Sie den General nicht sofort behelligen möchten — so stehe ich Ihnen zu einer vertraulichen Aussprache jederzeit zur Verfügung. Sie können das vorteilhaft finden.

LÜTTJOHANN: Ich finde es überflüssig.

DR. SCHMIDT-LAUSITZ: Wie Sie meinen. Sie werden es sich überlegen. Ich selbst habe mit General Harras einige allgemeinere Punkte zu erörtern, sobald er eingetroffen ist.

LÜTTJOHANN: Ohne Zeugen, vermutlich.

DR. SCHMIDT-LAUSITZ: Ich nehme an, daß General Harras ein Gespräch unter vier Augen vorzieht. Im übrigen — was gibt's?

KORRIANKE, *der an der Tür stand, hat erregte Zeichen gemacht*: Fahrstuhl! Fahrstuhl! *Kurze Stille, dann läutet die Türglocke — Korrianke geht enttäuscht. Gleich darauf hört man ihn draußen eine Art Juchzer ausstoßen, der auch ein Schmerz- oder Schreckensgebrüll sein könnte. Alle sind aufgefahren. — Dann hört man ihn schreien.* Hauptmann! Zockzock! Det isser!

LÜTTJOHANN *wischt sich den Schweiß*: Heilige Seekuh — ich kann ja nich mehr loofen. *Stolpert hinaus.*

DR. SCHMIDT-LAUSITZ *mit spöttischem Blick zu Lawrence*: Die Toten stehen auf. Werden Sie jetzt einen Geist sehen?

LAWRENCE: Vielleicht eher einen »Toten auf Urlaub«.

DR. SCHMIDT-LAUSITZ: Das sind wir alle. Es kommt nur auf die Befristung an. Unser Führer stellt längere und kürzere Urlaubsscheine aus.

LAWRENCE: Und Gott hat dabei wohl gar keine Funktion.

DR. SCHMIDT-LAUSITZ: Der darf sie unterschreiben.

LAWRENCE: Fast wie der alte Hindenburg.

DR. SCHMIDT-LAUSITZ: So ähnlich.

Er macht einen kurzen Hitlersalut, während Harras hereinkommt, mit Lüttjohann und dem strahlenden Korrianke, der Mantel, Mütze, Handtasche trägt und mit der freien Hand sofort ein großes Glas Kirschwasser einschenkt. Harras in feldgrauer Dienstuniform, scheint unverändert, nur etwas blaß, und die Lidränder gerötet, wie von Schlaflosigkeit.

HARRAS *im Eintreten*: Nee, Kinder, einen Schlüssel hab ich noch nie verloren. Auch kein Feuerzeug. Auch keinen Korkzieher. Ich verliere nur Geld. Für den Schlüssel hat man sich anderweit interessiert. *Schaut Schmidt-Lausitz an.* Wenn Sie vielleicht eine Idee haben, wer auf heimliche Besuche in meiner Wohnung erpicht ist, dann sagen Sie den Betreffenden, das Schloß wird heute noch geändert.

KORRIANKE *faßt in die Hosentasche*: Kleinigkeit. Patentschloß immer zur Stelle. Brauch ick nur auszuwechseln.

DR. SCHMIDT-LAUSITZ: Ich weiß nicht, wovon Sie reden.

HARRAS: Nicht wichtig. Das war aus ner Detektivgeschichte. Hey Buddy! What are you doing here?

LAWRENCE: Looking for troubles, I guess. Too bad to see you alive. Ich hab meinen Pokergewinn von zwei Kriegsjahren gegen eine Reichsmark gewettet, daß die Gerüchte stimmen.

HARRAS *zwischen den Zähnen*: Double your bet — and wait a few weeks. Sie verstehen doch Englisch, Herr Doktor? Oder?

DR. SCHMIDT-LAUSITZ: Selbstverständlich. Aber ich denke, in Deutschland wird deutsch gesprochen.

HARRAS: That's correct. Have a drink, Buddy. You look rather worn out.

LAWRENCE: I think I'd need a shave. That'll fix me up. May I use your conveniences?

HARRAS: Of course. Courtesy of the Luftwaffe. *Zu Korrianke:* Mr. Lawrence möchte sich rasieren. Pack meinen Kinnhobel aus und zeig ihm das Badezimmer.

LÜTTJOHANN: Ich werde mir erlauben, den Schaum zu schlagen.

Korrianke *im Abgehen zu Lawrence:* Come along, old fellow, have a good shave. Sure I speak English, and how, I worked as a truck driver in Milwaukee? Know Milwaukee? Oh boy, oh boy. *Verschwindet mit Lawrence und Lüttjohann.*

Harras *verändert, bleibt vor Schmidt-Lausitz stehen, starrt ihn an. Spricht leise, mühsam beherrscht:* Ich kann mich nicht erinnern, daß ich Ihnen erlaubt hätte, hierherzukommen.

Dr. Schmidt-Lausitz: Ich habe Sie nicht um Erlaubnis gebeten, Herr General. Ich muß jedoch in Ihrem eigenen Interesse —

Harras: Was kümmert Sie mein Interesse? Die Komödie ist vorüber, abschminken kann ich mich allein. Was wollen Sie noch?

Dr. Schmidt-Lausitz: Es handelt sich um ein paar Worte, dienstlicher Natur. Eine Übermittlung, zu der ich beauftragt bin.

Harras: Befehlsübermittlung?

Dr. Schmidt-Lausitz: Das ist Auffassungssache.

Harras: Dann kann ich Ihnen jetzt schon sagen, daß ich von Ihnen keine Orders entgegennehme.

Dr. Schmidt-Lausitz: Schade. Sie scheinen den Ernst der Lage immer noch nicht begriffen zu haben.

Harras: Glauben Sie, ich halte das für ein Pfänderspiel? Nach vierzehn Tagen Prinz-Albrecht-Straße? Bilden Sie sich ein, Sie könnten mir drohen? Dann hinken Sie nach. Damit bin ich bedient. Direkt vom Küchenchef.

Dr. Schmidt-Lausitz: Ihr Auftreten und Ihre körperliche Verfassung beweisen, daß Sie sich über Ihre Behandlung nicht zu beklagen haben.

Harras: Ich soll mich wohl noch bedanken, daß ihr mir nicht das Nasenbein eingeteppert habt? Ihr würdet mir doch mit Wonne die Eier zerquetschen, genau wie all den andern — wenn ich nicht ein paar Freunde im Generalstab hätte, die Krach schlagen könnten. Und die Scheinwerfer über meiner Pritsche haben mir genügt, für ein Pröbchen. Nur glauben Sie ja nicht, ihr hättet mich kleingekriegt. So nicht, mein Junge.

Dr. Schmidt-Lausitz: Da Sie es vorziehen, eine deutliche Sprache anzuschlagen, darf ich wohl in der gleichen

Tonart erwidern. Ich würde mich an Ihrer Stelle auf die Freunde im Generalstab nicht allzusehr verlassen. Noch weniger auf die Freunde im Ausland und auf die öffentliche Meinung. Die — lassen Sie unsere Sorge sein. Sie haben Ihre vorläufige Freilassung rein sachlichen Erwägungen zu verdanken, die ich beauftragt bin, Ihnen auseinanderzusetzen.

HARRAS: Ich habe das Wort »vorläufig« zur Kenntnis genommen. Auch ohne das würde ich meinen derzeitigen Zustand nicht mit Freiheit verwechseln. *Setzt sich auf einen Stuhl, mit dem Rücken zu Schmidt-Lausitz.*

DR. SCHMIDT-LAUSITZ: Ihre derzeitige Lage gibt Ihnen Gelegenheit zu einer völligen Rehabilitierung, Herr General. Allerdings ist damit eine unwiderrufliche Befristung verbunden. Die Sabotageakte in der Flugzeugproduktion, für die Sie als Leiter des technischen Amtes verantwortlich sind, müssen innerhalb von zehn Tagen endgültig aufgeklärt und abgestellt werden.

HARRAS, *ohne sich umzudrehen:* Andernfalls?

DR. SCHMIDT-LAUSITZ: Es gibt kein Andernfalls. Die Untersuchung, zu der die Staatspolizei Sie in Gewahrsam nehmen mußte, hat bisher keinen vollen Beweis gegen Sie erbracht. Es besteht jedoch der Verdacht, daß Sie staatsfeindliche Elemente decken oder ihnen durch bewußte Laxheit in ihrer Verfolgung Vorschub leisten. Das wäre genau so verwerflich, moralisch sogar verwerflicher als das Verbrechen selbst. Sie haben zehn Tage, um diesen Verdacht zu entkräften — durch eine restlose Aufhellung des Falles, der somit eine persönliche Existenzfrage für Sie ist. Man verspricht sich davon eine beschleunigte Erledigung, so oder so.

HARRAS: Das heißt zehn Tage Galgenfrist.

DR. SCHMIDT-LAUSITZ: Frist genügt. Auf den Galgen brauchen Sie sich nicht unbedingt zu kaprizieren.

HARRAS: Sie meinen, es gibt auch andere Mordmethoden.

DR. SCHMIDT-LAUSITZ: Das überschreitet den Rahmen einer dienstlichen Information. Ich hoffe, Sie wissen jetzt, woran Sie sind.

HARRAS *antwortet nicht, raucht.*

DR. SCHMIDT-LAUSITZ: Persönlich möchte ich noch hinzufügen —

HARRAS: Danke. Bekannt.

DR. SCHMIDT-LAUSITZ: Sie werden es trotzdem hören. Persönlich würde ich keine zehn Tage — und keine zehn Minuten zögern, einen Menschen wie Sie unschädlich zu machen.

HARRAS: Gegenseitig.

DR. SCHMIDT-LAUSITZ: Das weiß ich. Ich weiß, daß Sie in mir einen Todfeind erblicken. Sie haben recht. Für uns beide ist kein Platz unter der Sonne.

HARRAS: Auch nicht unter meinem Dache. Soll ich gehen?

DR. SCHMIDT-LAUSITZ: Ihre Arroganz ist verfehlt. Ihr Spott trifft daneben. Ihr Spiel ist aus. Sie werden uns nicht um die Früchte unseres Kampfes betrügen. Sie haben geglaubt, Sie könnten hier den Rahm abschöpfen, um sich daran fettzuschlecken — und uns mit dem Sudel in den Sautrog schütten. Sie haben sich verrechnet. Es kommt umgekehrt.

HARRAS *gleichmütig*: Möglich. Es kommt immer umgekehrt. Das Rad dreht sich, solange es rollt.

DR. SCHMIDT-LAUSITZ: Für Sie wird sich das Rad nicht mehr drehen. Nicht mehr nach oben. Sie und Ihresgleichen haben lange genug auf uns herabgeschaut. Wir aber schauen nicht lange herab. Wir treten.

HARRAS: Und zwar in die Weichteile. Und immer nur auf Wehrlose. Rottenweise, in geschlossener Formation, mit Genehmigung der Behörde. *Er schaut ihn an, mit einem fast erstaunt angeekelten Blick*. Und so was will die Welt beherrschen. Ihr werdet euch wundern.

DR. SCHMIDT-LAUSITZ: Vorläufig wundern sich die andern. Sie aber, General Harras, brauchen sich auf Ihren persönlichen Mut nichts einzubilden. Den kann jeder haben. Und was Ehre ist, das bestimmen wir. Verachten Sie uns, wenn Sie sich's leisten können. Wir zahlen zurück.

HARRAS *nimmt einen Revolver aus der Tasche, entsichert ihn*.

DR. SCHMIDT-LAUSITZ *hastig zur Tür*: Ich warne Sie, General Harras! Stürzen Sie sich nicht ins Verderben!

HARRAS: Keine Sorge. Ich versuche nur meine Nerven zu kontrollieren. *Er zielt nach der Scheibe, schießt mit übergeschlagenen Beinen*.

KORRIANKE UND LÜTTJOHANN *stürzen herein.*

HARRAS: Der Herr möchte gehen. Fahrstuhl.

LÜTTJOHANN *mit einem Blick auf die Scheibe:* Dreiund-
zwanzig. Nicht übel.

HARRAS: Nicht genug. *Schießt noch einmal.*

LÜTTJOHANN: Peng. Ins Schwarze.

HARRAS: All right.

DR. SCHMIDT-LAUSITZ *ohne Gruß rasch ab. Korrianke
und Lüttjohann folgen. Man hört das Geräusch des
Fahrstuhls.*

HARRAS *steckt den Revolver weg, nimmt das volle Glas.
Seine Hand zittert ein wenig. Er schüttelt den Kopf,
leert es, lehnt sich zurück. Lüttjohann und Korrianke
kommen herein.*

LÜTTJOHANN: Es ist ein technischer Fehler, daß hier oben
die Fahrstuhltür nicht aufgeht, wenn der Lift im Keller
ist. Den hätten wir gern mal abspringen lassen, unter
dem Ausruf: Fallschirm wird nachgeliefert.

KORRIANKE: Pech, daß ich keen Hausmeisterschlüssel habe.
Ick hätt ihm 'n sanften Schubs gegeben — ohne mit der
Wim —

HARRAS: Schnauze. Mach mal lieber das Fenster auf. Laß
frische Luft herein.

KORRIANKE: Vielleicht treff ich ihn noch! *Läuft rasch zum
Fenster, reißt es auf, spuckt hinunter.* Pech. Pech. Zuviel Wind. Schon abgetrieben.

HARRAS *müde:* Da siehst du. Mit denen ist das Wetter im
Bund. Dagegen kommt man nicht auf.

KORRIANKE *verändert — weiß — mit geballten Fäusten:*
Wenn Ihnen was passiert wäre, Herr General — ich —
ich weiß nicht, was ich —

HARRAS: Is gut, Korriandoli. *Geht zu ihm, steckt ihm eine
Zigarette in den Mund.* Hier, rauch mal eine. Immer
ruhig und tief atmen, hat der Doktor gesagt, als er den
Gashahn aufdrehte. Wie steht's denn hier im Bau? Sind
wir schallröhrensicher?

KORRIANKE *grinst:* Zwei sogenannte Telephonarbeiter
sind dagewesen. Störungstrupp von der städtischen Zentrale. Hätten Se filmen sollen, wie ick die kühl anje-
lächelt habe. Hier keen Bedarf, hab ich gesagt. Det
kleene Mikrophon, ha ick jesagt, det gewisse Elemente

vor drei Wochen hier einjebaut haben, wenn Se deshalb kommen, det ham wer schon selbst wieder rausjepolkt. Da brauchen Sie Ihnen nicht zu bemühen. Wir sind jelernte Techniker. Sinse abjezogen. Ma im Amt Meldung machen, hat der eene jemurmelt.

HARRAS *lacht, haut ihn auf die Schulter:* Recht so. Die sollen sich nur nicht einbilden, daß wir die alten Tricks nicht kennen. Sollen sich mal was Neues ausdenken, daß wir 'n bißchen Abwechslung haben. *Wendet sich zu Lüttjohann.* Alsdann, ungeflüstert. Die Scheiße steht uns bis zum Kinn und scheint im Steigen begriffen.

LÜTTJOHANN: Da werden wir wohl 'n Stückchen wachsen müssen.

HARRAS: Ich habe eher das Gefühl, ich wachse unter mich. Wie waren die Kommentater im Geschäft?

LÜTTJOHANN: Eisiges Schweigen überm Nebelmeer. Der Kesselring hat mit dem Chef palavert und ist durch die Korridore gestelzt, als hätt er ne Zeitbombe im Hintern. Jeder hat in die andere Richtung geschaut. Niemand hat das Visier runtergelassen. Mit Ausnahme von Oderbruch. Der hat natürlich durch die Erbsensuppe gesehen. Als die Meldung kam, General Harras an die Front abgezischt, allein, ohne Stab und so weiter, da ist er kalkweiß geworden. Wir haben gedacht, er macht schlapp. Und dann hat er fast jede Nacht durchgearbeitet — ich hab versucht mitzuhalten, aber wenn mir die Augendeckel runtergeklappt sind, hat er noch Material mit nach Hause genommen.

HARRAS: Ja — er ist der Beste. Irgendein Ergebnis, bis jetzt?

LÜTTJOHANN: Nichts Greifbares — was die Belegschaften anlangt. Von der technischen Seite versteh ich nicht genug.

HARRAS: Neue Unfälle vorgekommen?

LÜTTJOHANN: Keine Meldung mehr eingelaufen. Hat plötzlich aufgehört — seit etwa vierzehn Tagen.

HARRAS: Seit etwa vierzehn Tagen. Das ist unheimlich. Das riecht nach einer verteufelten Planmäßigkeit. Aber wo — wo steckt die Wurzel?

LÜTTJOHANN: Hauptsache, daß Sie wieder die Tête reiten. Jetzt werden wir den Fuchs schon hetzen.

HARRAS *leise, mehr zu sich:* Ich glaube — es hat keinen

Zweck mehr. Ich glaube — es hat keinen Zweck. Es hat keinen Zweck.

LÜTTJOHANN *schaut ihn an — beißt sich auf die Lippe.*

KORRIANKE *hat eine lockere, weiche Wildlederjacke gebracht, die Harras mit dem Uniformrock vertauscht:* Mufti, Mufti. Janz wie bei Muttern.

HARRAS: Danke. Was macht unser Yank?

KORRIANKE: Hat sich auf 'n Diwan zusammengerollt und pennt wie ne Holzratte. Selbst das Schießen hat er nicht gehört.

HARRAS: Laß ihn schlafen. Der darf nicht mehr allein auf die Straße. Wir müssen ihn irgendwie auf die Gesandtschaft bugsieren. Er weiß zu viel.

Das Telephon läutet, Korrianke nimmt es rasch auf, bevor Harras danach reichen kann.

KORRIANKE: Hier da, wer dort? Woll, woll, jewiß doch. Prompt einjetroffen, was hat der alte Osterhase prophezeit? Frisch wie Oskar, gewaschen und rasiert — wie, schlafen? Kommt nich in Frage. Klar, selbstverständlich, dalli, dalli, zockzock. *Hängt ab.*

HARRAS: Wer war denn das?

KORRIANKE *strahlend:* Das möchten Herr General gern wissen.

HARRAS: Na sag schon. Was ist da los?

KORRIANKE: Bedauerlicher Mangel an Beobachtungsgabe und Kombinationsvermögen, Herr General.

HARRAS: Hör mal — willst du mit mir Blindekuh spielen?

KORRIANKE: Glänzende Idee! Kalt oder heiß. Bitte gehorsamst die Augen zu schließen und durch geblähte Nasenflügel zu atmen. Langsam vorrücken, schnüffeln, schnüffeln. Riechen Se nichts?

HARRAS: Nee, was denn, hast du vielleicht 'n Limburger aufgetrieben?

KORRIANKE: Herr General haben wieder mal kein Organ für das Feine. *Hält ihm eine kleine Blumenvase vors Gesicht.*

HARRAS *öffnet die Augen:* Hm, Veilchen. — Das hätt ich wirklich nicht von selbst bemerkt. Ist sie dagewesen?

KORRIANKE: Jeden Tag Schlag fünf nach der Probe. Ob ich Nachricht habe, ob's was Neues gibt, ob ich weiß, wo Sie sind und wann Sie wiederkommen. Manchmal hab ick'n bißchen geschwindelt. Und denn hab ick ihr Jeschichten erzählt, von Herrn Generals Kindheit, und so weiter.

HARRAS: Kindheit? Wir kennen uns doch erst seit Verdun.

KORRIANKE: Is ja ganz gleich, spielt ja keene Rolle. Als Kinder warn wir alle schön. Man weiß doch, was sone junge Dame hören möchte. *Schnalzt mit den Lippen.* Klasse, Herr General.

HARRAS: Korrianke, du entwickelst dich ja zur Kuppelmutter.

KORRIANKE: Da war nich mehr viel zu kuppeln, Herr General. So was kuppelt sich janz von alleene. *Es läutet.* Aber bitte bißchen Zartgefühl, für'n Anfang. Das kleine Fräulein hat sich furchtbar aufgeregt. *Läuft hinaus.*

LÜTTJOHANN: Hier scheint Diskretion am Platze zu sein. Ich ziehe mir unter Protest in meine Vorhaut zurück.

HARRAS: Mach schon, mach schon. *Trinkt rasch einen Kirsch.*

LÜTTJOHANN: Odol wäre ratsamer —

HARRAS: Raus!

Lüttjohann verschwindet durch die andere Tür — während Korrianke vom Flur Diddo hereinläßt und sich hinter ihr zurückziehen will. Aber Diddo hält ihn an seiner großen Hand fest, wirft ihm plötzlich die Arme um den Hals, küßt ihn auf die Wange.

KORRIANKE *über ihren Kopf hinweg:* Platzpatrone, Herr General. Nicht für mich persönlich gemünzt. Mein liebes Fräuleinchen, jetzt nur keine Nervenkrise. Sie wissen — wenn das Steuer verreißt und die Bremse versagt, dann heißt es, dem Schicksal ins starre Auge gesehen — ohne mit der Wi —

HARRAS: Schnau —

KORRIANKE: — ze! *Rasch ab.*

DIDDO *halb lachend — wischt sich die Augen:* Ich heule ja gar nicht. Ich will absolut nicht heulen. Ist es nicht widerlich, daß man heulen muß, wenn man sich freut?

HARRAS *geht zu ihr hin:* Das nenn ich doch nicht geheult, die paar Tröpfchen Weihwasser. Das ist Familientradition. Ebenso das Küssen ungefährlicher Symbolfiguren. Ich kenn das von Tante Olly. Schmatzt sie immer noch die alten Souffleusen ab, wenn sie ganz jemand anderen meint?

DIDDO *lacht erleichtert:* Manchmal auch mich — wenn grad kein »Alterchen« in der Nähe ist. Als Kind hat mich das gekränkt. Jetzt kann ich's verstehn! — Sie wollte unbedingt mit raufkommen, wir waren an der U-Bahn Wittenberg verabredet. Aber ich hab sie versetzt. Hoffentlich wartet sie recht lange, eh sie nachfährt. Ich mußte ihr ja sagen — was ich von Korrianke gehört hatte. Sie — sie hat sich doch schreckliche Sorgen gemacht.

HARRAS: Unfug. Was braucht sie sich aufzuregen, wenn ich an die Front fliege. Ich fliege doch schon ein Vierteljahrhundert in der Luft herum, und mir ist nie was passiert.

DIDDO *leise:* Wir haben gefürchtet, es könnte wahr sein — was geflüstert wurde.

HARRAS: Und wenn es gestimmt hätte — wäre das wirklich — so schlimm für dich?

DIDDO *senkt den Kopf:* Sonst wäre ich doch nicht hier.

HARRAS *sehr ernst:* Glaubst du mir, wenn ich dir sage, daß mir nie etwas Besseres widerfahren ist? Bitte, glaub mir das.

DIDDO: Ich glaub es. Ich will es glauben. Ich kann mir nicht denken — was es für dich bedeuten soll. Aber für mich — ist es alles.

HARRAS: Und dabei schaust du mich noch nicht einmal an.

DIDDO: Nein — das ist zuviel verlangt. Aber ich möchte dich anschauen. Ganz gründlich. Ich kenn dich ja kaum! Kannst du nicht mal woanders hinsehen? Vielleicht zum Fenster hinaus?

HARRAS *dreht sein Gesicht zum Fenster:* Sonnenuntergang — wie auf Bestellung.

DIDDO: Jetzt schau ich dich an.

HARRAS: Immer noch?

DIDDO: Immer noch. Und du kannst dich ruhig wieder herumdrehen.

HARRAS *sieht ihr ins Gesicht:* Du hast dich — verändert. Du bist älter geworden. Schöner geworden.

DIDDO: Weißt du, warum?

Harras *nickt. Macht einen Schritt auf sie zu.*
Diddo *weicht etwas zurück.*
Harras: Komm. *Fast ohne ihren Arm zu berühren, führt er sie zu einem Sessel, setzt sich neben ihr auf die Lehne.* Ich muß dir was gestehn. Ich hab das nicht gewußt. Ich habe es gar nicht erwartet. Ich habe schlecht geträumt, in der letzten Zeit — da gehörtest du nicht mit hinein. Und vor zehn Minuten — oder sind es nur fünf? — da hatte ich einen Augenblick, in dem mir alles ganz gleich war, was noch kommen kann. Sterbender Schwan, mit Wimmerharfe. Schlimmer als Aschermittwoch. Jetzt aber — weißt du, wie mir jetzt zumut ist?
Diddo *nimmt seine Hand:* Sag's.
Harras: Schulschwänzen! Blauer Montag! Fastnacht! Ganz große Ferien!
Diddo *lacht:* Du mußt eine Landplage gewesen sein, daheim und in der Schule! Der Korrianke hat mir erzählt!
Harras: Ja — der war immer dabei!
Diddo: Und schon mit dreizehn hinter den Mädels her!
Harras: Hat er auch erzählt?
Diddo: Das Ärgste hat er, glaub ich, weggelassen.
Harras: Man sollte ihm die Schnauze vernähen.
Diddo: Er hat ja nichts Schlechtes über dich gesagt — natürlich nicht. Du weißt doch — für den bist du der liebe Gott. Und daß du ein Schwerverbrecher bist, was die Frauen anlangt, das braucht mir keiner zu erzählen. Das ist mir auch gleich. Oder nein, ich mag es sogar.
Harras *beugt sich über sie:* Verdammt — der Kerl hat recht gehabt — ich hätte Odol saufen sollen. Ich stinke ja schon wieder nach Alkohol.
Diddo: Das gehört zu dir. So hab ich dich kennengelernt. Komm — *Nimmt seinen Kopf in die Hände, beugt ihn ganz auf ihr Gesicht. Küßt ihn auf den Mund — macht sich sofort wieder los.* Wie sagt Korrianke? Platzpatrone? Ach — ich hab ja schon fast keine Angst mehr vor dir! Aber bitte — gib mir doch was zu trinken! Irgendwas. Ich glaube — mir ist sehr schwach.
Harras *einschenkend:* Und jetzt soll mal einer herkommen und behaupten, das Leben wäre nicht schön. Vor langer Zeit — da hab ich mal zu einem jungen Menschen

gesagt: man kann alles überstehn, und überall durchkommen — wenn man sich nur auf etwas freut. Das
hatte ich, zwischendurch, fast vergessen.

DIDDO *trinkt mit ihm*: Sich freuen. Sich richtig freuen.
Vielleicht muß man das auch lernen — wie alles andere?
und proben — bis man es kann? Oder sollte das nicht
vom Himmel kommen? Ich weiß oft gar nicht recht, wie
das ist. Wir kennen ja keine richtige Freude. Keiner von
uns. Wir sind immer beklommen — beschwert. — Ich hab
mich auch nicht richtig auf die Premiere gefreut. Es ist
zuviel Angst in allem. — Und wenn man selbst keine
hat, dann sind immer andere da, die sich ängstigen. Das
kann doch nicht immer so gewesen sein? Es muß doch
einmal eine Zeit gegeben haben, wo man einfach froh
sein durfte, wenn man jung war? Hast du das noch erlebt?

HARRAS: Ich weiß nicht recht. Ich kann mich jetzt schwer
erinnern. Ich glaube, jung zu sein ist überhaupt nicht
leicht. In keiner Zeit.

DIDDO: Nein. Es ist eine Art Fieber. *Sie schauert ein
wenig.* Manchmal bin ich nur eine Windfeder, die gar
kein Gewicht hat. Manchmal so schwer wie ein Stein, in
einem Brunnengrund. Aber — jetzt will ich mich freuen!
Ganz wahnsinnig freuen. Es ist doch keine Schande?
Kein Unrecht?

HARRAS: Es ist mehr als ein Recht. Es kommt — wie hast
du gesagt? — vom Himmel. Ein ganzes Leben lang sollst
du dich freuen, immer wieder — und lieben, und glücklich sein. Es braucht eine Welt von Freude — um all
den Jammer aufzuwiegen — sonst würde ja die
Erde so schwer, daß sie nicht mehr schweben kann — —
Weißt du, daß wir jetzt beide schon leicht betrunken
sind?

DIDDO: Ach, es ist wunderbar. Es ist wunderbar, leicht betrunken zu sein. Es ist alles wunderbar. — Tante Olly,
weißt du, nimmt immer alles so furchtbar tragisch — es
ist ja auch tragisch, gewiß. Aber ich kann doch nichts
dafür, daß ich nicht jüdisch bin —. Ich darf nicht mehr
lachen, ohne daß sie seufzt. Es ist, als ob sie mir's übel-
nimmt, mir persönlich. Denkt an die armen Juden —
Tag und Nacht —. Ich glaube, die Männer, die sie am

meisten geliebt hat, waren alle Juden — außer natürlich —

HARRAS *lacht*: Du meinst: Anwesende ausgenommen. Deshalb brauchst du nicht rot zu werden.

DIDDO: Ich werd ja gar nicht rot, du Schwerverbrecher. Schau — ich kenn mich wirklich oft nicht mehr aus. Ich war doch erst zwölf, im Jahre 33. Tante Olly findet alles schlecht und andere, unter den Kollegen, finden alles gut und sagen, die schlimmen Geschichten sind nur Feindlügen — und wieder andere finden manches gut und sagen, man weiß nicht, ob was Besseres nachkommen kann — was soll man denn da denken? Sehen tut man doch überhaupt nur, was einem grade über den Weg krabbelt. Ich weiß nur eins — ich möchte raus, raus. Warum, könnt ich noch nicht einmal erklären. Aber manchmal denk ich, wenn ich genau so alt wäre, wie ich bin, und wäre jüdisch, und hätte auswandern müssen — vielleicht wär es gar nicht so schlimm? Vielleicht wäre es besser sogar? Die Welt sehen — mein Gott! New York! Einmal ganz oben auf einem Wolkenkratzer, und dann sein Taschentuch runterfallen lassen, und hinterherschauen, wie's immer kleiner wird, wie eine Schneeflocke, über all dem Verkehr! Und das Meer — und die Häfen — vielleicht China — oder Rio de Janeiro — mir wär's ganz gleich, ich könnte alles tun, Geschirr waschen, Kinder lausen, Fabrikarbeit — nur frei sein — draußen! Manchmal beneid ich die Juden — wahnsinnig. Ich meine — die draußen sind!

HARRAS *nimmt sie in die Arme*: Vielleicht werden wir noch mal Ehrenjuden — wir beide. Vielleicht durchwandern wir sie noch einmal zusammen — die Welt. Vielleicht schmeißen sie uns rechtzeitig raus — weil wir so unvorschriftsmäßig glücklich sind. *Küßt sie.*

DIDDO: Ich brauch die Welt nicht — wenn ich bei dir bin. Ich will heute bei dir bleiben. Immer. Komm, zieh mir die Jacke aus — so. *Wirft sie hinter sich.* Ich bin doch hier zu Hause! Wenn Tante Olly sagt, ich sähe verknutscht aus, so ist mir das gänzlich piepe.

HARRAS: Du bist wunderbar.

DIDDO: Du bist wunderbar.

HARRAS: Ach, sind wir dumm.

DIDDO: Ach, sind wir dumm.

HARRAS *biegt ihr den Kopf zurück*: Komm — küß mich — so —

DIDDO: Ohne mit der Wimper zu zucken —

HARRAS: Schnau —

DIDDO: — ze. *Küßt ihn.*

HARRAS *nach einer Weile*: In einem englischen Stück käme jetzt die Maid herein, um Licht zu machen und die Vorhänge zu schließen, oder es würde telephonieren.

DIDDO: Telephonieren — Gott, es wird ja schon dunkel — ja, ich muß doch anrufen.

HARRAS: Nein, das hab ich nicht gern.

DIDDO: Ich hab's aber versprochen — mich bis heute abend zu entscheiden. Ich halte ihn ja seit vierzehn Tagen hin —

HARRAS: Wen?

DIDDO: Den Roisterer. Das ist doch unser neuer Regisseur. Aber das kannst du ja nicht wissen — der hat mir einen Antrag gemacht — ganz toll — eine Hauptrolle — er bildet sich ein, ich bin seine Entdeckung, verstehst du, und er kann mich durchsetzen — er hat auch selber das Stück bearbeitet — sie sagen alle, er ist ein Genie.

HARRAS *brummend*: Hab ich nicht gern. Hab ich nicht gern.

DIDDO: Ich hab eine unverschämte Gage gefordert, und sie haben ja gesagt, das ist das Blödsinnige. Aber da müßt ich nächste Woche nach Wien gehen, auf ein halbes Jahr, dort kommt es zuerst heraus. Er ist nämlich, glaub ich, aus Wien, der Roisterer. Oder aus Linz, ich weiß nicht genau. Jedenfalls aus der Ostmark, ich kenn mich da nicht aus.

HARRAS: Ein Wiener aus Linz — der Junge wird seinen Weg machen. Ach — ist das wunderbar! Ach — ist das gut! Ich bin ja schon eifersüchtig!

DIDDO: Auf den Roisterer? *Lacht.* Den solltest du sehn. Der schaut ja aus — wie ein Stallhase!

HARRAS: Um Gottes willen! Das hätte nicht kommen dürfen. Stallhasen sind furchtbar sexuell —! Wenn dir der Vergleich einfällt —

DIDDO: Pfui! Willst du aufhören — der Roisterer — der kommt doch gar nicht in Frage.

HARRAS: Das sagt man immer —

DIDDO: Also wenn du nicht —

HARRAS: Du, bitte — mach mir meine schöne Eifersucht nicht kaputt! Das ist mir doch so lang nicht mehr passiert — so herrlich, blödsinnig verliebt zu sein.

DIDDO: Ich kann's mir aber mit dem Roisterer nicht vorstellen!

HARRAS: Das sollst du auch nicht — du Racker!

DIDDO: Außerdem sag ich natürlich ab. *Läuft zum Telephon*. Drum wollt ich ja anrufen. Du glaubst doch nicht, daß ich jetzt wegfahre?

HARRAS *folgt ihr rasch — legt die Hand aufs Telephon. Verändert*: Du — wart mal einen Augenblick. Ist das so eilig?

DIDDO: Dann hab ich's hinter mir. Nur — daß ihm die andere nicht durch die Lappen geht.

HARRAS: Du mußt dir das noch überlegen.

DIDDO: Da ist nichts zu überlegen —

HARRAS: Vielleicht doch. Von mir aus.

DIDDO *lehnt sich an ihn*: Bitte, bitte, sag nicht, ich soll an meine Karriere denken. Ich pfeif drauf. Ich will nicht. Aus der Karriere könnte ja gar nichts werden, die wär ja nicht echt, wenn ich jetzt an sie denken würde. Dann wär ich ja selbst nicht echt. Laß mich hier bleiben.

HARRAS *hält sie nah, atmet in ihren Haaren. Leise*: Es ist nicht wegen der Karriere. Nein, sag jetzt nichts. Du sollst mich nicht mißverstehen. Das kannst du auch nicht. Ich erkläre es dir später. Laß mir ein bißchen Zeit. Bis wann muß er es wissen?

DIDDO: Vor der Vorstellung — die fängt um sieben an —

HARRAS *schaut auf die Uhr*: Dann haben wir noch eine Stunde Frist. Gibst du mir die? Ohne Fragen? Und willst du mir — die Entscheidung lassen? Nur dieses eine Mal?

DIDDO *schaut ihn an*: Ja.

HARRAS: Danke. *Streicht über ihren Arm und ihre Hand.*

DIDDO *berührt seine Hand, in der er noch die Uhr hält — faßt sie an, während er sie wegstecken will*: Was für eine komische Uhr du hast —

HARRAS: Das ist keine Uhr. Das ist eine sogenannte Zeitrübe. Oder Stundenkartoffel. Sie heißt auch Beulenpest.

DIDDO: So was hab ich noch nie gesehen. Die muß ja furchtbar alt sein. Geht sie denn gut?

HARRAS: Die rennt, daß man sie an der Kette halten muß. Falls sie nicht stehenbleibt. Aber dann braucht man nur so zu machen. — *Er haut die Uhr gegen seinen Hinterkopf.* Hast du den Klang gehört? Echtes Nickelblech. Im Notfall kann man sie als Waffe benutzen.

DIDDO: Ist noch nie jemand auf die Idee gekommen, dir eine neue Uhr zu schenken?

HARRAS: Jede bessere Dame. Ich könnte schon eine Sammlung haben. Aber ich habe keinen Bedarf. Das ist wohl das einzige Stück, von dem ich mich niemals trennen würde.

DIDDO: Woher hast du sie?

HARRAS: Es hat sie mir jemand gegeben. *Steckt die Uhr ein.*

DIDDO: Du sollst nicht darüber sprechen, wenn du nicht willst.

HARRAS: Es war der erste, den ich abgeschossen habe. Er hat mir schwer zu schaffen gemacht. Ich war bei ihm, als er starb. Er sagte: Souvenir — und hat mir die Uhr gegeben. Dazu hat er gegrinst, und eine Zigarette geraucht. Da wußte ich plötzlich, daß ich leben bleibe. Solang — solang ich die Uhr habe. Das ist natürlich dummes Zeug. Aberglaube. So was stimmt nur für den, den es angeht. Aber wie er so grinste, ganz ruhig, und ein bißchen listig, da mußte ich denken: der weiß es. Sterbende sehen mehr als unsereiner. Wer die Uhr hat, bleibt leben, damit er den anderen nicht vergißt. Man sollte wirklich nicht über so was sprechen. Ich habe es nie getan. Nie zuvor.

DIDDO: Glaubst du nicht — du könntest mit mir — über alles sprechen?

HARRAS *geht auf und ab, bleibt vor ihr stehen, spricht rasch, leise*: Du sollst wissen, wie es mit mir steht. Ich kann dich nicht beschwindeln. Mein Leben ist derzeit weniger wert als die alte Uhr. Es kann jeden Moment — stehenbleiben. Sie sind hinter mir her — und sie haben gelernt, wie man eine Treibjagd veranstaltet. Ich versuche mich durchzuschlagen — aber ich weiß nicht, ob es glückt. Die Chancen sind gering. Immerhin — ich

kann mich noch wehren. Und wenn ich es schaffe, dann
hab ich's dir zu verdanken. Ich wollte dir das ver-
schweigen. Das kommt mir jetzt — kleinlich vor. Es
wäre schöner gewesen — noch ein paar Tage, oder
Stunden — ganz ohne Schatten. Aber was hätte das alles
für einen Sinn, zwischen uns — wenn wir nicht Vertrau-
te würden. Verbündete. Für jetzt und immer.

DIDDO: Jetzt weiß ich, daß du mich liebst. *Umarmt ihn.*

HARRAS *fast ohne Ton*: Für jetzt und immer.
Bewegung draußen — Schritte, gedämpfte Stimmen —
die Tür wird aufgestoßen — Korrianke erscheint, hinter
ihm zwei Männer, einer mit Rotkreuzbinde, die Olivia
auf einer Bahre hereintragen.

KORRIANKE: Hierher — auf die Couch. Vorsicht, nicht
übern Teppich stolpern.

DIDDO *hat sich an Harras geklammert*: Ist sie — ist sie —

KORRIANKE *rasch*: Keine Sorge, kein Grund zur Klage,
nichts passiert, nur kleine Zufälligkeit, wie das so vor-
kommt beim zarteren Geschlecht. Fading effect, technisch gesprochen.

ERSTER MANN: Sie hat ja noch die Adresse angeben können eh sie umgekippt is. Det war im Umsteigeschlauch
Adolf-Hitler-Platz, früher Reichskanzlerplatz.

ZWEITER MANN: Mir hat se hier am Ärmel jegrapscht, und
denn hat se uh jemacht, und denn war se wech.

HARRAS, *Diddos Hand streichelnd*: Das hab ich alles
schon einmal erlebt. Vor zirka zwanzig Jahren. Das
wird ihr noch passieren, wenn sie neunzig ist.
Die beiden Männer haben Olivia auf die Couch gelegt
und ziehen sich zum Flur zurück, Harras steckt ihnen
rasch einen Geldschein zu, während Korrianke sich um
Olivia bemüht, ihr Kissen unter den Kopf schiebt und
die Gelenke reibt.

KORRIANKE: Soll ich'n Arzt anrufen?

HARRAS: Nicht sofort. Ich glaube, ich kann das allein.
Kümmere dich um die beiden Helden, daß sie ein Bier
kriegen und eine Zigarre. Die haben schwer getragen.
Zu Diddo. Geh mal lieber auch mit raus. Sie muß dich
nicht gleich erblicken. Ich ruf dich dann.

KORRIANKE *im Abgehen*: Bißchen Eau de Cologne — oder
besser 'n paar Tropfen Schnaps —

Harras: Nur im Notfall. Ich weiß was Besseres. *Sobald alle draußen sind, zieht er die Uhr, dreht das Läutewerk auf, hält sie nah an Olivias Ohr, läßt den Wecker rasseln, ruft mit veränderter Stimme*: Frau Geiß! Auftritt! Auftritt!

Olivia *schlägt die Augen auf — richtet sich empor — sieht sich abwesend um.*

Harras *steckt die Uhr ein, holt eine Flasche Rotwein aus der Bar.*

Olivia: Es riecht nach Veilchen — ist die Kleine hier?

Harras, *an einer Flasche hantierend*: Vor einer Minute gekommen. Du mußt am falschen Schalter gewesen sein. Sie hat eine Stunde auf dich gewartet.

Olivia: Erzähle mir keine Geschichten. Ich gönn's ihr ja.

Harras: Peng. *Zieht den Korken.*

Olivia: Das klingt gut. Da wird mir schon wohler. Ich glaube, ich hab mal wieder Dummheiten gemacht —

Harras *gibt ihr den Korken*: Erste Hilfe. Riechsalzersatz. *Holt Gläser.*

Olivia: Es war so voll in der U-Bahn — ich mußte die ganze Zeit stehn — und dann die Luft — es hat ja keiner mehr Seife, heutzutag.

Harras: Ja. Das heroische Zeitalter stinkt nach schmutziger Wäsche. Trink mal. Gesundheit.

Olivia: Und die Sorge um dich — und die Aufregung — du! Du weißt ja noch gar nicht, was passiert ist!

Harras: Bergmann? Ich hatte noch keine Zeit, Korrianke zu fragen —

Olivia: Sorg mal dafür, daß niemand reinkommt — auch die Kleine nicht. *Erschreckend.* Wo ist denn meine Tasche?! Ach hier — Gott sei Dank. *Sie kramt darin.*

Harras *an der Tür*: Alles in Ordnung. Ja, sie piepst schon wieder. Könnt ihr nicht ein bißchen Abendbrot herrichten? Irgend etwas — paar warme Würstchen oder so. Es werden noch zwei, drei Leute raufkommen, denk ich. *Man hört draußen Diddo mit Korrianke und Lüttjohann lachen. Harras schließt die Tür.*

Olivia *hat einen verschlossenen Brief aus der Tasche genommen, dreht ihn nervös hin und her.*

Harras: Die Sache ist mir die ganze Zeit im Kopf rumgegangen — ich konnte ja nichts mehr machen, damals

— mußte zu plötzlich weg. Aber jetzt werden wir das Kind schon schaukeln. Was ist denn das?

OLIVIA: Zu spät.

HARRAS *nimmt den Brief — hält ihn ungeöffnet in der Hand:* Wie denn?

OLIVIA: Gift.

HARRAS: Und — Jenny?

OLIVIA: Beide zusammen. Sie wollte nicht allein bleiben. Den Brief hat mir der Lazarettarzt gebracht, der ihm rausgeholfen hatte. Es ist ein Abschied an dich.

HARRAS *setzt sich neben sie auf die Couch:* Verflucht noch mal. Verflucht noch mal. Warum konnten sie mich nicht einen Tag später — Dann hätte ich's noch geschafft —

OLIVIA: Es wäre auch damals schon zu spät gewesen. Er wollte nicht mehr.

HARRAS: Verflucht noch mal. *Knipst eine Stehlampe an, öffnet den Brief, liest rasch, reicht ihn Olivia hin.*

OLIVIA *mit schwimmenden Augen:* Kannst du mir nicht — ich hab meine Brille nicht mit — du weißt doch, wie blind ich bin —

HARRAS *ohne Humor:* Heulsuse. *Liest monoton.*
»Mein lieber Freund —
Wenn dieser Brief Sie erreicht, habe ich den Schritt in die Freiheit getan. Dies ist der einzige Weg zur Freiheit, der mir nach dem, was ich erlebt habe, noch gangbar erscheint. Wir beschreiten ihn ruhig, ohne Schmerz. Für das, was man ein ›neues Leben‹ nennt, hätte ich keine Kraft mehr gefunden, und ich hätte zu wenig damit anfangen können, um es mit Freundesopfern erkaufen zu dürfen. Ich weiß, was Sie bereit waren, für mich zu tun. Sie haben es für andere, Unglücklichere, getan, deren Segenswünsche Sie ewig — Der Gedanke, daß es noch Menschen wie Sie —« Ich kann nicht mehr. Du weißt schon. Dank, und so weiter. *Er ist ganz blaß geworden.*

OLIVIA: Du hast ihn verdient. Auch wenn es kein Erfolg war, diesmal. Auf diesen Brief darfst du stolz sein.

HARRAS: Stolz. Ausgerechnet. *Wirft den Brief auf den Schreibtisch.* Jetzt wollen wir mal in den Spiegel gucken und über uns selbst gerührt sein. Was wir für edle Menschen sind. So schaun wir aus. Jeder hat seinen Gewissensjuden, oder mehrere, damit er nachts schlafen kann. Aber damit kauft man sich nicht frei. Das ist Selbstbetrug. An dem, was den tausend anderen geschieht, die wir nicht kennen und denen wir nicht helfen, sind wir deshalb doch schuldig. Schuldig und verdammt, in alle Ewigkeit. Das Gemeine zulassen ist schlimmer, als es tun.

OLIVIA: Aber was sollen wir denn machen? Man ist doch sowieso schon immer mit einem Fuß im Kittchen — wenn man nur so einen Brief in der Tasche hat. Sollen wir denn auch Gift nehmen?

HARRAS: Das ist nicht nötig. Wir kommen alle dran, ganz von selbst. Einer nach dem andern. Sie reckt sich ja schon aus den Gräbern — himmelhoch. Siehst du sie nicht? Hast du sie nie gesehn?

OLIVIA: Was — wen?

HARRAS *geht zum Fenster*: Schau da hinaus. Wenn ich abends allein bin — und wenn es dunkler wird — da wächst sie dort über die Dächer. So — *Er hebt seine geschlossene Hand, entfaltet langsam alle Finger nach oben.* Nur eine Hand. Fünf Finger. Aber — riesenhaft. Ungeheuer. Als könne sie eine ganze Stadt ergreifen — und hochheben — und wegschmeißen. *Er läßt den Arm sinken.* Dann schrumpft sie wieder ein. Dann wächst sie wieder. Ich weiß genau, daß es die großen Scheinwerfer der Flakzentrale Funkturm sind. Fünf suchende Lichtsäulen. Sonst nichts. Aber es ist doch eine Hand. Ich weiß auch, wessen Hand. *Er starrt einen Augenblick in die Dämmerung, dreht sich um.* Und jetzt wirst du sagen, überreizte Nerven. Nein ich habe keine Nerven! Nie gehabt! —

OLIVIA *schluchzend*: Mein Gott, Harry, was haben sie dir nur getan? Wenn du schon aufgibst — was soll dann aus uns werden?

HARRAS *legt ihr den Arm um die Schulter*: Ich geb ja nicht auf. Im Gegenteil. Ich fang grad wieder an. Ich werd ihnen noch eins vor den Latz knallen, und wenn's in der zwölften Runde ist. Man muß nur wissen — mit wem man es zu tun hat.

OLIVIA: Harry, hör mal, du solltest abhaun. Irgendwohin, ins Ausland, ganz gleich, auch wenn sie dich drüben einsperren, bis der Krieg vorüber ist. Es hat ja doch keinen Zweck mehr —

HARRAS: Doch. Es hat noch einen Zweck. Da ist noch etwas — das muß ich herauskriegen. Die Wahrheit, nämlich.

OLIVIA: Die weißt du doch sowieso. Nein — du bist leichtsinnig, das ist es. Dein altes Laster. Es reizt dich zu sehr, wenn's gefährlich wird. Du bist ein Genußmensch. Du willst nichts auslassen. Und grade deshalb sind sie so hinter dir her. Solang jemand wie du hier lebt und was zu sagen hat, kommen sie sich belämmert vor, und dafür wollen sie sich rächen.

HARRAS: Vielleicht hast du recht. Aber ich hab hier noch was zu tun.

OLIVIA: Du hast auch zuviel Erfolg bei Frauen gehabt. Das ist das Schlimmste. Bei denen ist doch alles Neid. Bettneid, vor allen Dingen. Denn in dem Punkt sind sie tief unter Minus — fast die ganze Blase. Deshalb wollen sie ja auch dauernd Krieg führen und die großen Männer markieren, lauter Krampf. Da, wo ein Mann herzeigen muß, was er wirklich wert ist, da hilft kein gestählter Körper. Und keine eiserne Energie. Das hat einer von Natur — oder gar nicht. Die Brüder kennt man doch. Erst große Töne, dann fertig, eh's angefangen hat, und nur rasch wieder »zum Dienst«. Nebbich.

HARRAS *lächelnd*: Für dich ist der Wert des Mannes wohl ganz eindeutig fixiert.

OLIVIA: Ist er doch auch, oder? Von den Genies vielleicht abgesehen. Aber der Goethe soll ja auch darin ganz vorzüglich gewesen sein. Vom Napoleon hört man schon weniger Gutes. Und bei unserm Adolf ist, glaub ich, überhaupt nichts da — Gott, wenn nur die Kleine nicht lauscht.

HARRAS *wieder ganz heiter — küßt sie aufs Ohr*: Von dir kann sie nichts Falsches lernen. Du hast eine durchaus gesunde Geschichtsauffassung. Ach, Olly, wenn's keine Frauen gäbe, und keine Musik! Dann hätten die Ökonomisten recht. Dann wäre das Ganze nichts als ein Fabrikationsprozeß, und unser Bregen nur eine Rotationsmaschine. *Stellt das Radio an*. Komm — wir wollen ein bißchen klimpern lassen, damit die Kinder sich hereintrauen — *Es ertönt »Siegfrieds Tod« aus der »Götter-dämmerung«.* Danke, nein. *Er stellt wieder ab.* Rum — rumrumrum — Hitlersche Schicksalsmusik. Oder die unsre? Das hört man auch ohne Töne.

OLIVIA: Vielleicht ist jemand gefallen — ein General oder was. Beim Fritsch haben sie das auch gespielt.

HARRAS: Das muß man sich aus dem Ohr kratzen. Wart ab — hier hab ich was. *Legt eine Platte aufs Grammo-phon, die ziemlich heiser und scheppernd einen alten Schlager spielt:*

> »Sag zum Abschied —
> Leise Servus —«

OLIVIA: Gott — unser altes Lied — *Sie trällert ein wenig mit — legt die Hände leicht auf seine Schultern, er faßt sie um die Taille, wiegt sie ein paar Schritte im Rhyth-mus der Melodie.*

HARRAS: Weißt du noch? Motzdiele? Russische Teestube? Taubenkasino?

OLIVIA: Klingt wie's verlorene Paradies, und was für schäbige Buden. Gott, Harry, warum waren wir so zynisch. Ich meine, so frivol.

HARRAS: Waren wir?

OLIVIA: Wir haben uns doch geliebt, und wie! Warum haben wir nicht Ernst gemacht? Und etwas zusammen aufgebaut? Eine Familie, zum Beispiel. Dann wäre man heute besser dran.

HARRAS: Glaubst du? Dazu waren wir wohl nicht die richtigen Leute, keiner von uns beiden.

OLIVIA: Warum nicht? — Ich glaub, es war Sünde. Oder Feigheit. Wir hätten es bekommen sollen, damals. Es war Sünde.

HARRAS: Du wolltest doch grade die »Jungfrau von Or-leans« spielen —

OLIVIA: Ja, das war es immer. Wie oft ist mir das passiert — ich kann's nicht mehr zählen. Ich war doch so emp-fänglich wie eine Feldmaus. Mich braucht nur einer freundlich anzuniesen, wenn ich ihn gern hatte. Bis ich mich dann habe umklappen lassen. Und immer wegen so einer verfluchten Rolle! Schließlich hab ich die Kleine adoptiert — — aber es ist doch kein richtiges Leben — hinterher. Da ist doch was falsch dran.

HARRAS *läßt sie los — legt die Nadel neu auf*: Hör mal,
Olly — vielleicht versuch ich's noch. Oder glaubst du,
es ist zu spät? Bin ich zu alt für sie?

OLIVIA: Das gibt es nicht. Wenn es dir wirklich Ernst ist —

HARRAS: So ernst ist es mir nie gewesen. Vielleicht zieh
ich doch den Kopf aus der Schlinge. Es sind schon
mehr Schächer vom Schafott gesprungen. Und wenn
ich durchkomme — dann wirst du noch meine Schwieger-
mama.

OLIVIA: Besser als gar nichts. Trinken wir drauf.

HARRAS *einschenkend*: Trinken wir drauf. *Ruft*. Kinder!
Traut euch, traut euch. Seid nicht so diskret.

LÜTTJOHANN *steckt den Kopf herein:* Leichte Musik und
schwerer Rotwein. In Sachen des guten Geschmacks
können wir uns getrost auf die ältere Generation verlassen.

HARRAS: Protzen Sie nicht, Lüttel. Sie kriegen ja schon
eine Glatze.

LÜTTJOHANN: Und Sie, Herr General, haben immer noch
keine Haare auf der Brust. *Verbeugt sich vor Olivia.*
Gnädige Frau —

OLIVIA: Darin besteht sein Charme. Aus den Waldaffen
hab ich mir nie was gemacht. *Legt die Grammophon-
nadel wieder auf, beginnt mit Lüttjohann zu tanzen.*

DIDDO *ist hereingekommen*: Dir scheint's ja wieder gut zu
gehn, Tante Olly. Wer bringt wen ins Theater, heute
abend? *Trinkt aus Harras' Glas.*

KORRIANKE *in der Tür*: Wird im Notfall per Schub erledigt. *Es läutet draußen.* Hier scheint Zuwachs zu kommen. *Im Abgehen.* Abendbrot angerichtet, Herr General. Fräulein hat ein Genie für Stullenmachen. *Ab, zum
Flur.*

HARRAS: Darauf kann man einen Haushalt gründen.

DIDDO: Hat sie was gemerkt?

HARRAS: Alles. Aber das macht nichts. So was kommt
immer auf, noch bevor es wahr ist. Das gehört ins Ge-
biet der unerforschten Wellenübertragung.

DIDDO: Desto besser. Da brauchen wir auf unsere Wellen
nicht mehr aufzupassen.

HARRAS *hat sie umgefaßt, ohne zu tanzen*: Das würde uns
auch schwerfallen. Die zwitschern wie die Eichhörnchen.

DIDDO *fast an seinem Mund, ganz benommen*: Seit wann zwitschern die Eichhörnchen — *haucht ihm einen Kuß*.

HARRAS *ebenso*: Ja — seit wann zwitschern die Eichhörnchen —

DIDDO: Wenn du sagst, sie zwitschern, dann zwitschern sie vielleicht.

HARRAS: Sie zwitschern. Verlaß dich drauf. *Sie verschwinden tanzend hinter der Bambuswand*.

KORRIANKE *ist inzwischen in der Tür erschienen — hat Lüttjohann ein Zeichen gemacht. Der entschuldigt sich leise bei Olivia — tritt zu ihm — verläßt auf eine geflüsterte Weisung hin den Raum. Die Platte ist abgespielt, beginnt auf der Stelle zu laufen, Olivia rasch zum Grammophon, stellt es ab — während Harras und Diddo wieder erscheinen*.

HARRAS: Was ist denn los? Wo ist der Lüttel?

KORRIANKE: Es ist nach ihm gefragt worden, Herr General.

HARRAS *läßt Diddo los. Steht einen Augenblick starr aufgerichtet. Will zur Tür*.

LÜTTJOHANN *kommt zurück. Er ist etwas rot im Gesicht, versucht unbefangen zu erscheinen*: Muß mich leider verabschieden, Herr General. Zwei Herren mit Schmierstiefeln und harten Hüten. Ziemlich plebejische Gesellschaft — aber unwiderstehlich.

HARRAS: Haben sie gesagt — was sie von dir wollen?

LÜTTJOHANN: Nur gewisse Fragen beantworten. Um einem dringenden Bedürfnis abzuhelfen. Ich wollte nu ja immer mal das Columbiahaus von innen besichtigen. Ehrensäbel. Wird ein völlig einseitiges Vergnügen sein. Mein Name ist Haase und ick weeß von nischt. *Er lacht verlegen — verstummt — macht Ehrenbezeigung vor Harras*.

HARRAS *erwidert. Dann reicht er ihm die Hand*.

LÜTTJOHANN *drückt die Hand schweigend. Schaut ihm kurz in die Augen. Geht.*
Stille.

HARRAS *geht zum Telephon. Zögert. Murmelt*: Es hat keinen Sinn.

KORRIANKE *bringt ihm ein volles Glas*.

HARRAS: Danke. *Stellt es unberührt auf den Tisch.*
DIDDO: Können sie denn — können sie ihm etwas tun?
HARRAS *zuckt die Achseln*: Die wissen, wie man trifft.
Er steht mit geballten Fäusten. Olivia hält Diddos
Hand. — Stimmen, Gelächter draußen. Herein treten
Baron Pflungk, Präsident von Mohrungen, Pützchen.
Pützchen trägt Parteiuniform, auf elegant geschneidert,
mit kurzem Rock, langen Strümpfen, straffer Bluse. Sie
wirkt in ihrer grellen Art und Aufmachung recht über-
trieben. Die beiden Herren eher etwas verstört und
atemlos, nicht nur vom Treppensteigen.
PÜTZCHEN: Bitte, die Fahrstuhltür schließen — für die
Kuhzunft. Wir haben gedacht, das Ding ist außer Betrieb. Ihr habt wohl ein Regiment verladen, hier oben!
Erst wie wir den letzten Grat erklimmen — ratsch —
saust er ab. *Schaut sich um.* Also das ist nun die berüch-
tigte Räuberhöhle. Gar nicht so wüst, auf den ersten
Blick.
MOHRUNGEN: Verzeihen Sie den Einbruch, General — aber
die Flurtür stand offen, und Pützchen war uns natür-
lich um eine Pferdelänge voraus. Für neun Etagen ist
man ein bißchen reif geworden —
BARON PFLUNGK: Sind wir unwillkommen?
HARRAS: Keineswegs. Wenn's zwölf schlägt, kommen die
Geister.
MOHRUNGEN *lacht unsicher — bemerkt Olivia*: Wenn ich
allerdings geahnt hätte, Sie hier zu treffen, gnädige
Frau —
OLIVIA: Dann wären Sie treppauf geflogen wie ne Rakete.
MOHRUNGEN: Wie Amors Pfeil, Gnädigste.
OLIVIA: Rascher geht's nicht mehr, Sie Ungetreuer, Sie
wollten doch ins Theater kommen.
MOHRUNGEN: Aber ich war doch! Sind denn meine Blu-
men nicht —
OLIVIA: Ach ja, natürlich. Warum sind Sie denn nicht in
meiner Garderobe erschienen?
MOHRUNGEN: Unaufgefordert? Das wäre doch etwas zu-
dringlich gewesen.
OLIVIA: Sie sind ja ein Stürmischer. Halt mi zruck, halt mi
zruck. Hat man mal wieder 'n Verehrer, schon traut er
sich nicht.

MOHRUNGEN: Was nicht ist, kann noch werden. *Küßt ihr die Hand. Sie haben sich zur Bar zurückgezogen.*

PÜTZCHEN: Papa geht scharf ran an Speck. Wir sind ja hier ganz gut geteamt. Die alte Geiß, die junge Geiß, zwei harmlose Zivilisten und zwei Wehrwürdige. *Nähert sich Harras.* Wie gefällt Ihnen meine neue Uniform? *Macht Ehrenbezeigung vor ihm.*

HARRAS: Zu braun.

PÜTZCHEN: Ach, Sie kleiner Schäker. Sie ziehen wohl Fleischfarbe vor.

BARON PFLUNGK: Also, Pützchen, nun sind Sie am Ziel Ihrer Wünsche, tun Sie Ihren Gefühlen keinen Zwang an. *Wendet sich zu Diddo.* Ich hoffe, wir stören hier nicht. Eine Junggesellenbude hat für junge Damen immer einen gewissen Reiz.

DIDDO *mit Blick auf Pützchen*: Es kommt auf die jungen Damen an.

PÜTZCHEN *zu Harras*: Er ist ein Kümmerer, der Pflungk. Er wird Ihnen die kleine Unschuld nicht verführen. Trockene Heringsgräte. Mit dem können Sie's aufnehmen. Wissen Sie, daß er die alte Contessa d'Aosta heiraten will und auf ganz große Karriere spekuliert? Neuer Ribbentrop, mit einem Schüßchen Papen.

HARRAS: Das ist wohl jenes Schüßchen, das immer die andern trifft?

PÜTZCHEN: Sie sind ja auch vom Galgen abgeschnitten. *Kneift ihn in den Arm.*

HARRAS: Darf ich Ihnen etwas zu trinken anbieten?

PÜTZCHEN: Ei, wie förmlich. Ja, bißchen Brennstoff kann nicht schaden. Wer ist der gut aussehende junge Mann?

LAWRENCE *ist wieder hereingekommen. Er ist rasiert, gewaschen, wirkt zehn Jahre jünger.*

HARRAS: Das ist mein Freund Buddy Lawrence. Fräulein von Mohrungen.

PÜTZCHEN: Amerikaner, hätt ich mir denken können. Der angelsächsische Mischtypus. Breite Schultern, schmale Hüften, Langschädel, aber nichts drin. Keine Aufklärung, meine ich. Bei Ihnen heißt es doch, der Mensch sei gleich geboren, selbst wenn er Jude ist.

LAWRENCE: So heißt es. Waren Sie dort?

PÜTZCHEN: Nein, aber man ist im Bilde. Haben wir alles im Kurs.

LAWRENCE: Was für Kurs?

PÜTZCHEN: NSRFF — Sonderschulung für vorgeschrittene Reichsfrauenschaftsführerinnenanwärterinnen.

LAWRENCE *zieht sein Notizbuch*: Das müssen Sie mir buchstabieren.

PÜTZCHEN: Falls ich mich entschließe, Ihnen ein Interview zu gewähren. Sind Sie ladenrein?

LAWRENCE: Sie meinen — koscher? Nicht im vollen Sinne des Wortes.

PÜTZCHEN *lacht*: Mir kann's gleich sein, die Zensur wird Ihnen schon auf die Finger klopfen. Was wollen Sie wissen? Schießen Sie los.

LAWRENCE *seriös:* Was lernen Sie in Ihrem Kurs? Was ist das Hauptfach?

PÜTZCHEN: Weltanschauung, natürlich. Besonders vom Standpunkt der fraulichen Belange. Wir hören erstklassige Autoritäten über Rassenpolitik, Zuchtwahl, Geschlechtshygiene, Körper- und Seelenkultur, alles. Momentan haben wir eine Vortragsreihe: Der Schmerz im Leben der Nation. Hochinteressant.

LAWRENCE *schreibend*: Ist das ein fraulicher Belang?

PÜTZCHEN: Und ob. Ertüchtigung des Gefühlslebens, das muß bei den Müttern anfangen. Alles auf wissenschaftlicher Grundlage, verstehn Sie? Biologisch, medizinisch, philosophisch. Der Schmerz bei Nietzsche. Die ethische Bedeutung des Schmerzes, von Geheimrat Sauerbruch. Abbau der Verweichlichung und des falschen Mitleids. Is ja dekadent. Also wenn ich mal ein Kind kriege, da gibt's keine Narkose, da wird hellwach durchgestanden und gebrüllt, daß die Nähte krachen.

HARRAS: Da möcht ich Hebamme sein. *Kippt einen Schnaps.*

PÜTZCHEN: Das könnte Ihnen so passen. *Spricht mehr zu ihm.* Na, und dann sollten Sie uns mal turnen sehen, da würde Ihnen die Zunge raushängen. Lauter stramme Mädels, mit nichts als Schamhöschen bekleidet.

HARRAS: Zum Abgewöhnen.

PÜTZCHEN: Vorurteile, das gibt's nicht bei uns. Klassenbewußtsein, soziale Unterschiede, hat alles aufgehört. Jede deutsche Frau ist von Adel.

LAWRENCE: Eine Adelsdemokratie.

PÜTZCHEN: Quatsch. Eine Volksgemeinschaft.

HARRAS: Und kommt Ihnen nie der Gedanke, was für ein schäbiger Schwindel das ist? Papa Mohrungen macht mit Onkel Hermanns Beteiligung noch ganz runde Milliönchen — und Ihre Schwestern Volksgenossinnen werden ihr Leben lang nichts anderes machen als Munition, damit man ihrem Bräutigam eine Salve übers Massengrab feuern kann.

PÜTZCHEN: Sie reden wie ein Jude.

HARRAS: Bin ich auch — honoris causa.

PÜTZCHEN: Also Ihre Schnauze, die imponiert mir. Angst haben Sie wohl nie?

HARRAS: Doch, Pützchen. Vor Ihnen könnt ich Angst kriegen.

PÜTZCHEN: Soll das ein Kompliment sein?

HARRAS: Nein. Eine Schmeichelei.

PÜTZCHEN: Komisch. Alle meine Flirts fangen mit Krach an. *Gereizt zu Lawrence*: Jetzt machen Sie 'n Punkt. Mehr kriegen Sie aus mir doch nicht raus. Muß hier mal erst eine Stubenbesichtigung vornehmen. *Wendet sich ab, geht im Zimmer umher.*

LAWRENCE *zu Harras, der ihm ein Glas reicht*: Gräßlich. Ich fliege auf sie. Wenn sie nur nicht so einen hübschen Popo hätte. Es ist Zeit, daß ich hier rauskomme, sonst werde ich lasterhaft. Ich glaube, ich gehe jetzt.

HARRAS *leise*: Kommt nicht in Frage, nicht allein. Das Haus ist bewacht. — Sind Sie all right?

LAWRENCE: Komplett. Wie nach einer Ferienreise.

HARRAS: Sie sehen so aus. Bei euch Burschen genügt eine Rasur und eine Runde Schlaf.

LAWRENCE: Das macht das gute Gewissen und der Mangel an geistiger Belastung.

HARRAS *lacht*: Beneidenswert. Kommen Sie, ich will Sie zur Aufbesserung Ihrer Geschmacksnerven mit einer jungen Frau bekannt machen, die — die mir — also das heißt, ich werde sie heiraten.

LAWRENCE: Seit wann? Gratuliere.

HARRAS: Seit fünf Minuten.

LAWRENCE: Dann scheint es mit meiner Wette schlecht zu stehen.

HARRAS: Schreiben Sie sie ab. Sie ist verloren. Ich habe — Lebensabsichten. Ganz radikale.

LAWRENCE: Glauben Sie, Sie können es durchstehen? Das muß ja hier mal verkrachen.

HARRAS: Ich werde es versuchen. So oder so. *Führt ihn zu Diddo, die mit Pflungk am Fenster stand.*

PÜTZCHEN *hat sich im Raum umgeschaut*: Die berühmte Propellerbar? Schneidig. Die hat er alle abgeschossen und zu Mus verarbeitet. *Kratzt an einem Metallstück.* Ist das Blut oder Rost?

MOHRUNGEN, *mit Olivia aus der Bar heraustretend, etwas verlegen*: Wirklich hochinteressant, all die Trophäen und Erinnerungen. Ein Stück moderner Kriegsgeschichte, sozusagen.

HARRAS: Das meiste waren friedliche Bruchlandungen, Afrika, Grönland und so weiter. Der Sitz ist aus meiner alten Rumplertaube, 1915.

BARON PFLUNGK: Originelle Aufmachung.

HARRAS: Scheußlich, wie? Jeder Mensch hat sein angeborenes Quantum an schlechtem Geschmack. Das muß man abreagieren, um sein Gesamtniveau zu verbessern. Eine Art ästhetischer Selbstanalyse.

MOHRUNGEN: Mir zu hoch.

HARRAS: Ich stell mir immer vor, wie glücklich mancher moderne Architekt wäre, wenn er sich daheim auf ein Plüschsofa mit gestickten Ruhekissen fläzen dürfte, wie er's bei seinen Großeltern gewohnt war. So ähnlich ist das mit meinem Schauerkabinett.

PÜTZCHEN: Also mir gefällt's. *Wippt auf dem Flugzeugsitz.*

HARRAS: Freilich. Ich nenne es mein barbarisches Reservoir.

PÜTZCHEN: Und wer ist der verblichene Beau in der Mitte? *Deutet auf eine bekränzte Photographie.*

HARRAS *spricht mehr zu Diddo*: Mein bester Freund aus dem letzten Weltkrieg. Das Bild hat mir seine Mutter geschenkt. Ich hab sie später besucht.

PÜTZCHEN: Die berühmte ritterliche Geste. Gut für die Nachrufe. Aber veraltet.

DIDDO *dreht sich hart um, geht hinaus.*

PÜTZCHEN: Was hat das Blondchen, schon eiersüffig?

HARRAS: Keine Ursache. Sie hilft Korrianke, damit wir was zu knabbern kriegen. Da kommt Schlick. Da lernen Sie eine Berühmtheit kennen.

Korrianke hat den Maler Schlick hereingelassen.

MOHRUNGEN: Schlick – Schlick – was hab ich nur kürzlich über ihn gelesen?

HARRAS: Daß die Ausstellung seiner Bilder verboten worden ist. Gefällt dem Ersten Künstler unseres Volkes nicht. Heil, großer Pinsel. Du siehst verdurstet aus. *Füllt ein Glas.*

SCHLICK, *keineswegs à la bohème, aber vernachlässigt angezogen, mit ungesunder Gesichtsfarbe und glasigem Blick, kommt etwas schwankend auf ihn zu. Er wirkt wie ein Mensch, der schon vormittags betrunken ist und dessen Zustand sich dann nicht mehr wesentlich ändert. In der Hand hält er eine Zeichenmappe, die er vor Harras auf den Tisch wirft, daß die einzelnen Blätter herausfallen:* Letzte Serie. Soeben fertig geworden. *Er trinkt hastig.*

HARRAS *mit einem flüchtigen Blick auf die Blätter, rafft sie hastig zusammen:* Du bist ja besoffen. Damit fällst du auf der Straße herum.

PÜTZCHEN: Was Gemeines? Zeigen Sie her.

HARRAS: Nicht gemein genug. Mehr abstrakt. Würde Sie langweilen.

PÜTZCHEN: Na, na. Wenn das keine nackten Mädchen sind. Euch Künstler kennt man doch.

SCHLICK *starrt sie an, ganz fasziniert.*

PÜTZCHEN *zieht ihre Bluse straff:* Mir können Sie alles zeigen. Ich bin quasi erwachsen.

SCHLICK: Die – die hat mir gefehlt. Die brauch ich. *Nimmt einen Zeichenstift aus der Tasche.* NS Blocksberg. Dazu reicht keine Phantasie.

HARRAS: Nun halt schon die Klappe. Trink was, oder hau dich hin.

PÜTZCHEN *halb ärgerlich, halb geschmeichelt:* Ich sitz Ihnen ein andermal. Jetzt sehn Sie doppelt. Was reizt Sie an mir – Figur oder Visage?

SCHLICK, *ohne sich von Harras unterbrechen zu lassen:*

Das Böse. Die Fleischwerdung des Bösen im Geschlecht. Uniform überm Körper — nackter Schoß im Gesicht.

MOHRUNGEN: Das geht doch etwas zu weit. Vergessen Sie nicht, daß hier Damen sind!

SCHLICK *wendet sich zu Mohrungen, spricht klar, ohne Lallen, mit der Unbeirrbarkeit eines Menschen, der vor seiner Badewanne steht und den Fischen predigt*: Das geht gar nicht zu weit. Das ist erst der Anfang. Ich muß es Ihnen erklären. Es ist von ungeheurer Bedeutung. Es handelt sich um meinen Zyklus »Blut und Boden«.

PÜTZCHEN: Klingt vorschriftsmäßig. Malt jeder heutzutage.

SCHLICK *lacht*: Ich habe die Formel entdeckt. Die Urformel. Ich bin der einzige, der sie kennt. *Spricht dozierend, unerregt.* Blut fällt auf den Boden. Tropft, rinnt, spritzt, oder strömt. Der Boden schluckt es ein — wie ein Schoß den Samen. Das ist die Erzeugung des Bösen. Die Geburt allen Übels. Abels Blut floß auf den Boden — beim ersten Mord. Damit kam das Böse in die Welt. Das weiß jeder. Aber wieso hat niemand je bemerkt, daß es aus einer chemischen Verbindung kommt? Blut — und Boden. Die Formel. Die chemische Verbindung. Daraus entstehen, erstens, die Krankheiten, die Seuchen — denn all ihre bekannten Keime gehen auf einen Urkeim zurück. Dann: die bösen Triebe. Haß, Rachsucht, Neid, Grausamkeit. Dann die bösen Geister: Dämonen, Teufel, Furien, die Würger und Greifer. Dann: die verderblichen Wünsche. Die schlechten Gedanken. Sämtliche Abarten der Lüge. Auch die Giftpilze, der Tod im Mutterleib, die verkrüppelten Kinder. Die innere Verwesung, die Hoffart, die Seelenfäule, der Verrat, die Angst, der stinkende Selbstbetrug. Alles. So hat es angefangen. So geht es fort. Es gibt kein Entrinnen. Denken Sie an den befleckten Boden Rußlands. Den Leichendung. Die tödliche Befruchtung. Das kommt alles über uns. Ich habe das alles gezeichnet. *Er starrt Harras an, der die Mappe in einer Lade verschließt.* Vielleicht hast du recht. Das kann wohl niemand ertragen. Vielleicht springe ich besser zum Fenster hinaus.

HARRAS: Das ist deine erste gute Idee heute abend. Nebenan ist sogar ein Balkon. Da hast du sicheren Absprung.

SCHLICK *zu den andern:* Warum lachen Sie nicht? Lachen
Sie doch bitte. Ich bin sehr komisch. Ich bin auch ein
Schweinehund, genau wie Sie, meine Herrschaften.

KORRIANKE *hat ihn auf einen Wink von Harras unterm
Arm gefaßt:* Saurer Hering und Käsestulle, dann vielleicht ein Glas Bier. Suff ohne Unterlage — logische Folgen. *Will ihn zur Küche führen.*

SCHLICK: Nein, danke, kein Bedarf. Hier sind mir zu viele
Greifer. *Macht sich los, schaut in der Luft herum, dann
auf Harras.* Glaubst du, dich werden sie auslassen? Weshalb grade dich? Hier sind mir zu viele — *Geht rasch,
stolpert aus der Tür, Korrianke folgt.*

*Beklommenes Schweigen. Selbst Pützchen scheint etwas
gedämpft.*

PÜTZCHEN: Komische Kruke. War der immer so?

HARRAS: Nicht vor 1933. Da war er noch verheiratet. Die
Frau war jüdisch. Er hat sich scheiden lassen — weil er
glaubte, man könne nur in Deutschland malen. Die Frau
ist mit den Kindern verschollen. Und Schlick ist immer
noch »entartet«. *Er hat mit einer nervösen Bewegung,
mehr automatisch, das Radio angedreht. Jetzt schnarrt
eine Stimme.*

STIMME: — halten überall aus, trotz vorzeitiger Schnee-
stürme und unerträglicher Kälte, die unsren Truppen
die schwersten — *Er schaltet ab.*

OLIVIA: Brrrrr. *Schüttelt sich.* Ich habe vorhin was von
warmen Würstchen gehört. Das wär jetzt eine Erlösung.

HARRAS: Danke, Olly. Das war Schützenhilfe. Entschuldi-
gen Sie, bitte — ich bin ein schlechter Hausherr. Darf ich
Sie in die Küche bemühen? Ich hab da eine Tiroler Ecke,
statt eines Speisezimmers. Nein, Baron, keine Um-
stände, nur ein kleiner Happen, damit wir mehr trinken
können. *Zu Olivia.* Ich kann wohl dir und Diddo das
Hausfrauliche überlassen. Wir kommen nach.

*Er bleibt mit Mohrungen zurück, der ihm ein Zeichen
gemacht hatte, während die andern in die Küche
verschwinden, aus der man Stimmen und Geräusche
hört.*

MOHRUNGEN: Sagen Sie — *senkt die Stimme* — kann man
hier abgehört werden?

HARRAS: Nur von seinem Gewissen, Herr Präsident.

MOHRUNGEN: Ich weiß nicht, was Sie meinen, Herr General! Ich muß Sie ernstlich bitten, seriös zu sein. Es muß ja jeder zuerst vor seiner eigenen Türe kehren.

HARRAS: Gut — kehren wir. Sie als der Ältere und als mein Gast haben den Vortritt. Fangen Sie vor der Ihren an. Vor meiner Tür hat sowieso schon die Gestapo gekehrt, wie Sie wissen dürften. Und die kehrt anders rum. Den Dreck ins Haus.

MOHRUNGEN: Ich kann in diesem Ton nicht mit Ihnen reden —

HARRAS: Dann gehn wir was essen.

MOHRUNGEN *hält ihn am Arm*: Nehmen Sie doch Vernunft an. Es geht ums Leben!

HARRAS: Das ist Privatsache. Mich interessiert lediglich die Stellungnahme des Beschaffungsamtes in Sachen der Materialschäden.

MOHRUNGEN: Ich konnte nicht anders handeln, General. Es ist auch — ja, es entspricht meiner Überzeugung. Die Situation — hat sich in einer Richtung entwickelt — der man sich nicht in den Weg stellen kann. Darf.

HARRAS: Das heißt: Sie haben gegen mich Stellung genommen. Sie haben den Verdacht und die Verantwortung einseitig auf meine Ämter abgewälzt.

MOHRUNGEN *gequält*: Ich habe nur meine Pflicht getan. Im Bereich der Metallfabrikation sind einwandfreie Entlastungsbeweise erbracht. Alle Spuren weisen in die — gegebene Richtung.

HARRAS: Meines Wissens gibt es keine Spuren, weder hier noch dort. Sondern nur eine gegebene Richtung. Nämlich — gegen mich.

MOHRUNGEN: Aber was soll ich denn tun? Ich kann doch der staatlichen Untersuchung nicht in den Arm fallen — ja gewiß, ich kenne Ihren Verdacht. Er mag richtig sein — er mag aber auch falsch sein — ich weiß es nicht, Harras — und — und ich will es nicht wissen! Nein — ich will es nicht wissen! Meine Lage ist schwierig genug — ich muß es leider aussprechen — durch Ihre Schuld! *Flüsternd*. Man hat einen Teil unserer Unterhaltung damals aufgenommen — Gott sei Dank nicht sehr deutlich. Aber mir bleibt nichts anderes übrig als — bitte verstehen Sie mich doch!

HARRAS *kühl, aber nicht unfreundlich*: Ich verstehe durchaus, daß ein Mensch sich retten will.

MOHRUNGEN: Darum dreht es sich nicht.

HARRAS: Sondern — ?

MOHRUNGEN: Hören Sie mich eine Minute an — ohne Vorurteil. Es dreht sich um I h r e Rettung. Es gibt nur den einen Weg, und ich will alles tun, um ihn für Sie zu ebnen, ich sage ganz offen, auch in meinem eignen Interesse. Sie kennen doch Funk — schließlich hat er Humor und trinkt auch gern — ich weiß, daß er Sie irgendwie schätzt. Ich könnte eine Zusammenkunft veranlassen — ganz zwanglos, vielleicht einen Dämmerschoppen in meinem Hotel — Er hat genug Einfluß, um das Notwendige zu vermitteln.

HARRAS: Und das wäre?

MOHRUNGEN: Sie müssen in die Partei eintreten. Sie müssen eine vollständig andere Stellung beziehen. Die ganze Sache muß aus der Welt geschafft werden. Sie müssen sich mit Himmler verständigen —

HARRAS: — und die Luftwaffe der SS in die Hand spielen.

MOHRUNGEN: Sie können es ja doch nicht verhindern! Es ist das Gebot der Stunde. Wir stehen in einem Kampf, in dem Einigkeit über alles geht — auch über irgendwelche persönlichen Bedenken, oder — Gefühlsmomente. Sie wissen, mir fällt es schwer genug. Aber wir müssen doch — wir m ü s s e n doch Deutschland vor dem Bolschewismus retten! Nicht nur Deutschland. Die Welt.

HARRAS: Retten Sie, Präsident. Retten Sie feste. Retten Sie vor allem Ihre Aufsichtsratsposten und Ihre Dividende. Aber ohne mich.

MOHRUNGEN: Sie müssen doch einsehen, Harras — man kann nicht wider den Stachel löcken — es ist — es sind auch Ihre Ideale, um die es geht. Es geht doch um die gesamte christliche Zivilisation!

HARRAS: Dann retten Sie auch die. Es rettet ja jeder etwas, heutzutage, was er nicht beweisen kann. Die Religion, die Kultur, die Demokratie, das Abendland — wohin man rotzt, ein Kreuzzug. Wenn ich nur einen treffen würde, der zugibt, daß er nichts als seine Haut retten will. Das möcht ich auch sehr gern. Aber nicht mittels

Dämmerschoppen. Sollte ich ein Ideal haben, so ist es ein ganz bescheidenes geworden: mich nicht selber anspucken zu müssen. Nicht mal bei Gegenwind.

MOHRUNGEN *aufbrausend*: Wollen Sie damit sagen — *nach einer Pause — leise —* daß ich meine Ehre preisgegeben hätte?

HARRAS: Ja.

MOHRUNGEN *wendet sich ab*: Man lebt doch nicht zum Spaß. Man muß doch Opfer bringen. Ich weiß — wir gehn alle vor die Hunde. Man hat keinen festen Willen mehr — *Er schluchzt.*

HARRAS: Ich habe Durst. Es gibt Bier in der Küche.

MOHRUNGEN: Können Sie mich denn nicht verstehen?

HARRAS: Doch, Präsident. Ziemlich genau. Ich habe nichts anderes erwartet. *Geht zur Küchentür.*

PÜTZCHEN *mit einer angebissenen Frankfurter in der Hand, von Pflungk gefolgt*: Friedensware, ganz ohne Hufnagel. Halt dich ran, Papa, die Geiß hält sie dir warm. Ihr könnt die Kriegslage auch mit vollem Mund besprechen. Darf ich mal Ihr Telephon benutzen? Dienstsache, natürlich.

HARRAS: Aber gewiß, auch wenn es Minnedienst ist. Au. So was Blödes fällt mir sonst nicht ein. Sie drücken meinen Stil, Pützchen.

PÜTZCHEN: Ja, der Krieg verdirbt die Besten.

HARRAS: Kommen Sie, Präsident. *Mit Mohrungen ab in die Küche.*

BARON PFLUNGK: Nun sagen Sie schon, Pützchen. Sie wollen doch gar nicht telephonieren. Warum haben Sie mir auf den Fuß getreten?

PÜTZCHEN: Keine Angst, Edeling. Nicht von wegen Poussage. Es war nur ein Trick, um rauszukommen. Ich habe da was entdeckt, das will ich mir anschauen. Wird Sie auch interessieren. Tolle Sache, mein Lieber. Ich konnte vorhin nur einen Blick drauf werfen. *Sie geht zum Schreibtisch, auf dem Bergmanns Brief liegengeblieben ist, nimmt ihn auf.* Passen Sie mal auf, daß niemand reinkommt. Muß ihm gerade jemand gebracht haben, sonst hätt er's versteckt. Vielleicht die Geiß, die hab ich längst im Verdacht. *Liest.*

BARON PFLUNGK, *über die Schulter lesend*: Von einem seiner jüdischen Freunde, natürlich. Er soll schon ein paar davon über die Grenze geschmuggelt haben.

PÜTZCHEN: Das sind ja staatsfeindliche Umtriebe! Is ja Hochverrat!

BARON PFLUNGK: Geben Sie mir den Brief.

PÜTZCHEN: Denke nicht daran.

BARON PFLUNGK: Geben Sie mir den Brief.

PÜTZCHEN: Was wollen Sie denn damit?

BARON PFLUNGK: Das werden Sie sehen — *Reißt ihr den Brief aus der Hand, will ihn in den Kamin werfen, in dem Korrianke vorher Feuer gemacht hat. Er wirft aber zu kurz und Pützchen schnappt ihn aus der Luft, bevor er fallen kann.*

PÜTZCHEN: Idiot. Nicht mal werfen kann er. Nehmen Sie einen Kurs in Leichtathletik, Sie Schlappschwanz. Warum wollten Sie das tun?

BARON PFLUNGK: Weil ich nicht möchte, daß Sie Dummheiten machen.

PÜTZCHEN: Dummheiten?

BARON PFLUNGK: Mit diesem Brief können Sie Harras vernichten —

PÜTZCHEN: Na, wenn schon.

BARON PFLUNGK: Es wäre eine Dummheit. Es wäre sogar gefährlich. Pützchen, Sie sind zu jung, um das zu verstehn. Wir sind nicht unbesiegbar. Im Krieg gibt es Glück und Unglück, auch für Nationalsozialisten. Es kann einmal anders kommen. Dann — dann braucht man Leute wie Harras! Dann muß man froh sein, wenn man solche Leute kennt. Gut kennt.

PÜTZCHEN: Sie denken ein bißchen zu weit, Herr Baron.

BARON PFLUNGK: Besser als zu kurz. Und wenn er jetzt hochgeht, verstehn Sie — dann hat man ihn wieder zu gut gekannt. Das macht es noch schlimmer!

PÜTZCHEN: Für mich sind Sie eine Kackhose. Ein schlaffer Sack. Da ist der Harras ein anderer Kerl. Der hat wenigstens Mumm.

BARON PFLUNGK: Was wollen Sie mit dem Brief machen?

PÜTZCHEN: Das kommt drauf an. Das hängt von ihm ab. Vielleicht — vielleicht mach ich ihn ganz groß. Vielleicht laß ich ihn fallen. *Steckt den Brief in ihren Blusenausschnitt.* Nebenbei gesagt, wenn mich die kleine Geiß weiter so anglupscht, werd ich ihr eine kleben. *Stimmen werden lauter, nähern sich aus der Küche. Pützchen nimmt rasch den Telephonhörer, markiert Gespräch.* Also Wiedersehn im Saftladen. Bolona, Bolona. Wissen nicht, was das heißt? Bombenlose Nacht, natürlich. Traut sich so keiner her. *Hängt ab.* Wie hab ich das gemacht? Soll mir die Geiß nachspielen.

BARON PFLUNGK *hastig:* Ich sage Ihnen noch einmal, Sie spielen mit Dynamit. Sie wissen nicht, was Sie aufrollen können —

PÜTZCHEN: Kackhose! Kackhose! *Sucht in der Bar nach Zigaretten.*

BARON PFLUNGK, *auf sie einflüsternd, folgt ihr in die Bar. Die andern sind von der Küche zurückgekommen, teils mit Gläsern, teils rauchend. Mohrungen und Olivia, in leisem Gespräch, kommen nur bis zur Tür und verschwinden wieder. Harras kommt mit Diddo und Lawrence herein — wendet sich zum Fenster.*

HARRAS: Jetzt muß ich abblenden, damit wir Licht machen können.

DIDDO: Wie schade. Jetzt ist es am schönsten.

HARRAS: L'heure macabre. Tiefseestation.

LAWRENCE: Ja — es hat etwas von einem Aquarium.

HARRAS: Wenn es Abend wird, in den großen Städten, sinkt unsere Wohnung wie eine Taucherglocke. Die Luft ist Grundwasser, dämmertrüb. Glutäugige Fische schwimmen langsam vorbei. Ihr läppischer Flossenschlag wischt über die Fenster. Weiche Mäuler schlucken unsere Augäpfel und lassen sie mit schaumigen Blasen hinaufwirbeln, ins Ungewisse. Unser Gesicht ist blind geworden, man sieht mit den Fingerspitzen, hört mit der Zunge, riecht mit dem Rückenmark und atmet mit dem Hirn. Dann erwacht der heimliche Sinn. Der Ursinn. Der alle Sinne umschließt und keine Grenzen hat. Der Suaheli-Sinn. Ganz nah am Wahnsinn.

DIDDO *hat ihren Arm in den seinen gelegt:* Ich hab mir immer gewünscht, eine Wahnsinnige zu spielen. Warum, weiß ich nicht —. Vielleicht könnte man dann etwas loswerden — was man in sich hat — und was sonst nicht heraus darf. Aber vielleicht gehört das nicht auf die Bühne. Kennst du den »Danton«, von Büchner?

HARRAS *nickt.*

DIDDO: Manchmal, wenn ich allein auf der Straße gehe, dann bin ich die Lucile — meinen Camille haben sie mir umgebracht — die Revolutionshenker gehen durch die Nacht — und ich muß plötzlich aus dem Dunkel treten und rufen: Es lebe der König! So möchte ich sterben. Ist das wahnsinnig?

HARRAS *nimmt sie näher an sich, antwortet nicht.*

LAWRENCE: Ich beneide die Deutschen um das Wort: Wahnsinn. Es ist ein Dichterwort. Fast ein heiliges Wort. Auch Leidenschaft. Auch Ehrfurcht. Sehnsucht. Begeisterung.

HARRAS: Sie kennen unsere Sprache.

LAWRENCE *traurig*: Ich liebe Deutschland.

HARRAS: Glauben Sie, daß es noch wert ist, geliebt zu werden? Trotz allem?

LAWRENCE: Sonst würde ich wohl nicht wagen, der Bestie meinen Kopf in den Rachen zu stecken. Morgen werde ich vielleicht in einem Camp verrotten. Des deutschen Wahnsinns wegen.

HARRAS: Ich hab ihn satt. Er hat uns zu viele Windeier gelegt. Das Haus Wahnfried. Den Größenwahn. Ach, Buddy — wie man sich manchmal sehnt — nach einem simplen Volk ohne Wahn- und Aberwitz. Nach Fußballern, Monteuren, Gummikauern, Kindsköpfen. Wie man es über hat, die Wichtigkeit, die Bedeutung, den Todesrausch, das gespaltene Innenleben, den faustischen Geldbriefträger, den dämonischen Blockwart. Die Halbbildung hat uns den Unterleib mit Metaphysik erfüllt und den Kopf mit Darmgasen. Das Unverdauliche zieht uns hinab. Wir sind eine Nation verstopfter Volksschullehrer geworden, die den Rohrstock mit der Reitpeitsche vertauscht haben, um das menschliche Angesicht zu entstellen. Wolkenjäger und Schindknechte. Ein miserables Volk.

LAWRENCE: Ich liebe die Deutschen.

HARRAS: Ich auch. Bis zum Haß. So muß ein Schauspieler seine Rolle hassen. Lieben und hassen. Die Gestalt, zu der er verurteilt ist.

LAWRENCE: Das gilt für alle Menschen.

HARRAS: Ja, wir spielen alle. Wir sind in Rollen versteckt

und wissen ihr Ende nicht. Wir kennen noch nicht einmal ihren Charakter. Wieviel Böses lauert denn in dir selbst? Frag den Autor. Ist er verrückt? Oder ein Schwindler? Gehört er angebetet — oder ans Kreuz geschlagen?

DIDDO: Und hat er uns wenigstens gute Rollen geschrieben — in einem schlechten Stück? Oder umgekehrt? Was geben wir überhaupt? Große Oper — Komödie — Trauerspiel?

HARRAS *lächelnd*: Alles zusammen, glaub ich. Und vermutlich gerade den zweiten Akt. Denn der dritte wird kataraktischer sein.

LAWRENCE: Vielleicht ist es nur ein Vorspiel. Eine tragische Festouvertüre.

HARRAS: »Deutschland. Ein unendlicher Prolog.« *Er zieht die Vorhänge zu, schaltet Licht ein.*

OLIVIA *in der Küchentür*: Kinder, um Gottes willen, ich muß ins Theater. In einer Stunde geht der Lappen hoch.

HARRAS: Keine Aufregung. Mit einem Taxi schafft ihr's noch lange.

OLIVIA: Aber man kriegt doch keins —

HARRAS: Korrianke hat einen Freund in der Westend-Garage, der immer funktioniert. Sprung auf, marsch, marsch, Korriandoli, schaff die Karre bei und bring die Abendblätter mit rauf. Bin gespannt, was ich an der Ostfront erlebt habe.

OLIVIA: Korrianke ist ein Erzengel, ohne ihn wären wir alle verratzt. Mach dich fertig, Kleines, damit es dann kein Gewurschtel gibt. Zu schade, Präsident — *Wendet sich in den Nebenraum zurück.*

HARRAS *zu Lawrence*: Wollen Sie mir einen Gefallen tun? Lassen Sie uns eine Minute allein und halten Sie uns die anderen vom Leib. Danke.

LAWRENCE *nickt, wendet sich zu Pützchen und Pflungk, die leise streitend aus der Bar kommen.*

HARRAS *nimmt seine Uhr aus der Tasche*: Tu jetzt so, als ob ich dir etwas zeige. Und antworte nicht. Paß auf: vielleicht spring ich aus meiner Rolle. Vielleicht werd ich kontraktbrüchig. Vielleicht schlag ich dem Autor ein Schnippchen. Ich denke an Abhauen — durch die Luft, ohne Fahrschein.

DIDDO *nickt eifrig, tut, als lausche sie an der Uhr.*

HARRAS: Wann und wie — weiß ich noch nicht. Wenn es glückt — *Unterbricht sich.* Vorsicht. Sie kommen her.

DIDDO *fast ohne Ton, unterm Atem*: Es muß glücken. Es muß.

HARRAS *laut*: Hörst du? sie tickt schon wieder. Sie ist noch lange nicht futsch. *Steckt die Uhr ein.*

DIDDO: Die wird noch hundert — in deiner Hosentasche.

HARRAS *lachend*: Falls die Naht nicht platzt.

KORRIANKE *ist in der Flurtür erschienen, hält Zeitungen in der Hand. Gleichzeitig braust Olivia herein, von Mohrungen gefolgt.*

OLIVIA: Taxi vorgefahren? Das nenn ich Blitzbedienung. Also nur keine lange Abschiedsszene. Komm, Diddolein, zieh deine Jacke an.

KORRIANKE: Herr General —

HARRAS *schaut zu ihm hin*: Wie siehst du denn aus? Was gibt's denn?

KORRIANKE: Es ist etwas passiert.

MOHRUNGEN *ist zu ihm getreten*: Extrablätter mit Trauerrand? Ist jemand — *Hat ihm ein Blatt aus der Hand genommen — wird bleich.* Guter Gott — *Läßt das Blatt fallen.*

HARRAS, *ohne sich von der Stelle zu rühren — fast mit Gewißheit*: Eilers?

PÜTZCHEN *ist zu Mohrungen gelaufen, nimmt das Blatt auf.*
Liest: »— tödlich verunglückt — Absturz überm Flugfeld — Unaufgeklärter Maschinendefekt —« Das ist doch nicht möglich! So etwas darf doch nicht —

MOHRUNGEN *faßt ihren Arm. Sie schweigt, schaut Harras an.*

HARRAS *zwischen den Zähnen*: Durch die Zeitung. Kein Anruf. Kein Radiogramm.

PÜTZCHEN *leise, betroffen*: Anne — ob sie es schon weiß?

MOHRUNGEN *ganz gebrochen*: Wir müssen versuchen anzurufen —. Ich werde gleich hinfahren — mit dem nächsten Zug —

BARON PFLUNGK *lesend*: »Der Führer hat Staatsbegräbnis angeordnet.« Das wird sie ein bißchen trösten.

MOHRUNGEN: Ich glaube kaum.

PÜTZCHEN *streichelt seine Hand. Er nickt trübselig.*

OLIVIA *mit nassen Augen*: Und jetzt soll man singen. Man möchte lieber — selbst nicht mehr.

MOHRUNGEN *schaut sie an, hilflos*: Da merkt man plötzlich — wie alt man ist. Wie alt.

PÜTZCHEN *geht unbemerkt hinaus.*

HARRAS *verändert, mit kalter Stimme:* Korrianke. Nimm den großen Wagen, mach Tempo. Fahr zu Oderbruch, er ist jetzt bestimmt zu Hause. Hol ihn her. Anrufen will ich nicht. Sag ihm, er soll alles mitbringen, was er an Material zur Hand hat. Wir müssen arbeiten. Nimm den Wohnungsschlüssel mit, schick ihn rauf, eh du den Wagen parkst. Verlier keinen Augenblick.

KORRIANKE *hat Haltung angenommen, geht.*

MOHRUNGEN *zu Pflungk*: Können Sie uns zum Hotel bringen, Baron? Ich muß packen. Wo ist denn Pützchen?

BARON PFLUNGK: Ich weiß nicht, sie muß vorausgegangen sein.

MOHRUNGEN *ruft*: Pützchen! — — Warum läuft sie jetzt weg?

BARON PFLUNGK *zuckt die Achseln*: Sie hat ihre Launen. Natürlich bringe ich Sie. Ich — ich brauche nicht zu sagen, wie tief ich mit Ihnen empfinde, Herr Präsident.

MOHRUNGEN *nickt abwesend*: Ja — vielen Dank. *Sein Blick trifft Harras, wird hart.* Das wird ein Nachspiel haben. Der Fall muß aufgeklärt werden. Rücksichtslos.

HARRAS *erwidert seinen Blick — verbeugt sich schweigend.*

BARON PFLUNGK *verlegen*: Auf Wiedersehn, General — Dank für die Gastfreundschaft.

HARRAS: Ach, bitte, nehmen Sie Mr. Lawrence mit, bis zur Amerikanischen Gesandtschaft. Das liegt auf Ihrem Wege.

BARON PFLUNGK: Gern, mit Vergnügen.

HARRAS *zu Lawrence*: Sagten Sie nicht, Sie hätten dort zu tun?

LAWRENCE: Sie denken an alles. Leb wohl, Harry. *Streckt die Hand aus.*

HARRAS: Leb wohl, Zeitgenosse. Ihre Wette wird besser. Legen Sie ein Monatsgehalt drauf.

Drückt ihm kurz die Hand. Mohrungen, Pflungk, Law-

*rence ab. Olivia bleibt zögernd in der Tür. Man hört
den Fahrstuhl.*

HARRAS *zu Diddo, ruhig und fest*: Nimm an. Geh nach
Wien. — Jetzt hat sich viel verändert.

DIDDO: Nicht für mich. Ich bin nicht schwach. Ich will
dich nicht verlassen.

HARRAS *nimmt ihre Hände*: Du verläßt mich nicht, wenn
du gehst. Du stehst mir bei.

DIDDO: Wie kann ich dir beistehn — wenn ich fern bin?

HARRAS: Grade dann. Beistand ist das, worauf man bauen
kann, wenn man allein ist. Was jetzt kommt — muß ich
allein abmachen.

DIDDO: Wie werd ich von dir hören?

HARRAS: Ich kann dich dort leichter erreichen — was auch
geschieht. Hier würden sie dich bewachen. Oder —
Schlimmeres. Versprichst du mir, daß du gehst?

DIDDO: Ich gehe.

OLIVIA *leise*: Komm jetzt, Kind.

DIDDO *reißt sich los — geht rasch mit ihr.*

HARRAS *allein in dem hellerleuchteten Raum — faßt mit
einer unbewußten Bewegung nach einer Stuhllehne,
krallt die Hand darum — schließt die Augen. — Wenn
er sie öffnet, steht Pützchen in der Tür. — Er starrt sie
an — löst die Hand*: Wo kommen Sie her? Wer hat Sie
hereingelassen?

PÜTZCHEN *ohne Scheu, aber nicht kokett oder frivol*: Niemand. Ich hab mich im Wandschrank versteckt, bis alle
weg waren. Ich muß mit Ihnen sprechen, Harras. Allein.

HARRAS: Ich glaube, Sie wählen einen falschen Augenblick. Ich habe zu tun. Ich habe keine Zeit zu verplau-
dern.

PÜTZCHEN: Halten Sie mich nicht für dümmer, als ich bin.
Man verstellt sich ein bißchen, jeder von uns, auch Sie.
Man übertreibt nach außen und merkt es oft selbst nicht
mehr. Aber im Grunde weiß man doch Bescheid. Harry
— mit Ihnen kann das nicht so weitergehen.

HARRAS: Was meinen Sie damit?

PÜTZCHEN: Sehn Sie, die Sache mit Eilers, die geht
mir nah. Das hat mir einen Stoß gegeben. Nicht nur
wegen Anne und ihrer Kinder. Er war ein feiner Kerl,

wenn auch zu weich. Sie sind besser, was das Material anlangt. Man sagt ja, daß es jeden Flieger mal erwischt, das liegt im Beruf. Aber müssen Sie sich denn unbedingt selbst ruinieren? Das haben Sie nicht nötig!

HARRAS: Wer sagt Ihnen das? Vielleicht hab ich es nötig. Und außerdem, Pützchen — was geht es Sie an?

PÜTZCHEN: Ich kann's nicht mit ansehn. Ich mag nicht. Es gibt nicht so viele Männer auf der Welt. Richtige Männer. Sie sind ein Mann. Es ist ein Jammer um Sie. Hartmännchen zum Beispiel — das ist mir gar nicht so leichtgefallen, ich hab ihn recht gern, er ist ein lieber Junge. Aber was soll ich mit ihm anfangen? Ein lieber Junge genügt mir nicht, auch wenn er noch so brav ist. Und die andern, die sind erst recht nichts wert. Ich stell mir einen Mann vor, der's schafft, der das Rennen macht — an der Spitze der Nation. Sie könnten es schaffen, Harry, Sie müssen es schaffen.

HARRAS: Was, den Ehrenvorsitz der KdF oder eine goldene Wandplakette in der Reichsfrauenschaft? Wollen Sie hier Propaganda machen? Suchen Sie sich einen Pimpf.

PÜTZCHEN: Werden Sie nicht sarkastisch, ich kenn das, wir sind unter uns. Es ist nur blöder Trotz, wenn Sie nicht mitmachen. Sie sind doch kein Jude und kein Kommunist. Sie wissen selbst, daß Sie dagegen nicht aufkommen. Seien Sie doch kein Narr. Sie haben Blut, Rasse, Geist. Sie sind zum Herrschen geboren, zum Packen, zum Besitzen. Sie sind ja ganz gern ein Nazigeneral geworden, der Glanz, der Aufstieg, das hat Ihnen ja gepaßt. Warum nicht mehr? Sie könnten alle überflügeln. Sie haben das Zeug dazu!

HARRAS: Schlimm genug.

PÜTZCHEN: Unsinn. Schmeißen Sie den alten Krempel über Bord. Freiheit, Humanität — das ist doch Gefasel. Frei ist, wer die andern beherrscht. Es gibt nur zwei Parteien auf der Welt, die oben — die unten. Und wer unten liegt, der hat unrecht, und verdient's nicht besser. Das ist die Wirklichkeit. Sie gehören hinauf. Ganz hoch hinauf!

HARRAS *zwischen den Zähnen*: »— auf den Gipfel eines hohen Berges —« Hm?

PÜTZCHEN: Ja, zum Teufel, ich zeig Ihnen die Welt, man sieht sie nur von oben! Schaun Sie runter, Sie sind ja schwindelfrei! Schaun Sie sich doch die andern an: Schatten — Weichtiere — Mollusken! Und unsere Bonzen — tüchtige Kerle dabei — aber kein Format. Der Göring, ein eitler Kloß, der Milch, der Kesselring, und so weiter, ehrgeizige Halbleben, Leute wie mein Papa, eine Wachsfigur. Der Himmler hat Grütze, aber er ist kein Soldat. Wenn Sie wollen — Sie können sie alle in die Tasche stecken. Sind Sie blutscheu? Sind Sie ein Waschlappen? Haben Sie keine Instinkte mehr? In einem Jahr können Sie der Größte sein — die Macht hinterm Führer — und jeden abkrageln, der Ihnen nicht gefällt. Macht ist Leben. Macht ist Genuß. Mensch — wenn Sie zugreifen — ich mache Sie ganz groß!!

HARRAS: Sie machen mich ganz groß. Und warum, wenn ich fragen darf? Was liegt Ihnen dran? Was haben Sie davon?

PÜTZCHEN: Weil ich Sie mag. Voilà. Sie wissen's ja, warum soll ich's nicht sagen. Ich mag Sie, ich hab Sie gleich gemocht. Und Pützchen kriegt, was es will. Sie brauchen nichts als die Frau, die Sie aufrüttelt, hochreißt, die Ihnen die Sporen einsetzt, damit Sie durchs Ziel schießen. Sie brauchen mich, Harry.

HARRAS *in einem Anflug von Mitgefühl*: Ich muß Sie ernüchtern, Pützchen. Sie täuschen sich. Ich bin das falsche Objekt. Suchen Sie sich ein anderes, es gibt so viele davon. Ich brauche niemanden. Und wenn ich jemanden brauche — den such ich mir selbst.

PÜTZCHEN: Sie traun sich wohl nicht. Sie haben wohl Angst, sich die Zunge zu verbrennen. Spielen Sie nur kein Theater. Der gute Hirte mit dem Schäfchen im Arm — das steht Ihnen nicht. Schaun Sie mal in den Spiegel. Sie sind ein Raubtier, Sie haben Habichtsaugen, und Reißzähne wie ein Wolf. Was wollen Sie denn mit der grünen Rapunzel. Die wird Ihnen fad, eh Sie angebissen haben. Die bleibt am Weg.

HARRAS: Gehen Sie jetzt fort, Pützchen. Ich warne Sie.

PÜTZCHEN: Es wäre gescheiter, Sie würden sich warnen lassen, Harras. Treiben Sie's nicht zu weit. Man schmuggelt nicht ungestraft alte Juden über die Grenze. Nur um den Samariter zu markieren. Dazu hat man kein Recht, auch Sie nicht. Was zum Untergehn verurteilt ist, das muß herunter, da läßt man die Finger weg, sonst kriegt man drauf. Auf die paar Juden kommt's bei uns nicht an, die wollten lang genug das Salz der Erde sein, jetzt können sie Salz schlucken, bis ihnen der Schlund verdorrt. Wollen Sie mitfressen?

HARRAS *hat auf den Schreibtisch geschaut — starrt sie an*: Was heißt das — Spitzelei? Erpressung?

PÜTZCHEN: Ich sag nichts mehr. Wer nicht hören will, muß fühlen.

HARRAS *mit einem Sprung zur Wand, reißt eine schwere afrikanische Peitsche herunter, geht auf sie los*: Dann hören Sie. Wenn Sie nicht auf der Stelle verschwinden — zieh ich Ihnen das Ding hier durchs Gesicht, quer durchs Gesicht, daß es gezeichnet ist, solang Sie vegetieren — *Er holt aus.*

PÜTZCHEN *mit erhobenen Armen, rasch rückwärts zur Tür — bleibt stehen*: So — so einer bist du? Du Feigling. Dir werd ich's einträngen. Du gemeiner Hund. Du Verräter. *Ab — schmeißt die Tür zu.*

HARRAS *steht einen Augenblick — keuchend — dann wirft er die Peitsche weg — greift sich zum Hals, als habe er keine Luft. Geht rasch durchs Zimmer, zu einem Wandschalter, löscht alles Licht, bis es ganz dunkel ist — dann zum Fenster, zieht die Vorhänge zurück, öffnet weit. Schaut hinaus, tief atmend. Der Raum füllt sich von draußen mit einem schwachen Lichtschimmer, der etwas stärker wird. In der Mitte des schwarzen Fensters wachsen fünf bleiche, gefächerte Strahlen in die Höhe — stehen im Rahmen wie die Finger einer riesenhaft ausgespreizten Hand.*
Harras bleibt einen Moment regungslos — dann reißt er die Vorhänge zu, weicht fast taumelnd in den finstern Raum zurück. Man sieht ihn nicht. Er scheint auf einen Sessel gesunken — oder am Boden. Seine Stimme kommt aus der Tiefe: Herrgott im Himmel. Ich habe Angst. Ich habe Angst. Ich hab Angst — *Verstummt. Eine Tür geht. Harras, im Dunkel, springt hoch — schreit.* Halt! Zurück!! Wer ist da —?! *Das Licht flammt auf. Harras am Schalter — den Revolver in der Hand.*

ODERBRUCH *steht in der Tür, mit einer Aktenmappe un-*
term Arm. Er ist ein Mann um die Vierzig, schlank,
graublond, mit einfachen, klaren Zügen, ohne besondere
Auffälligkeit. Er trägt die schmucklose graue Litewka
der technischen Spezialtruppen. Keine Auszeichnungen.
Wenn er näher kommt, bemerkt man, daß er ein klein
wenig, kaum sichtbar, hinkt. Sein Sprechen ist knapp,
gelassen, manchmal etwas stockend, beherrscht und be-
dächtig: Habe ich Sie erschreckt? Korrianke hat mir
den Schlüssel mitgegeben. *Geht zum Schreibtisch, legt*
Schlüssel und Mappe nieder.

HARRAS: Oderbruch! Gott sei Dank, daß Sie da sind. Ich
war wohl ein bißchen hysterisch. *Er lacht kurz auf, er-*
löst. Hatte dunkel gemacht, um Luft hereinzulassen.
Man weiß nie genau, was so im Dunkeln herum-
schleicht heutzutage. Ich dachte immer, ich hätte keine
Nerven.

ODERBRUCH: Das denkt man, wenn man sie Tag und
Nacht in Gewalt haben muß. Aber man soll ihnen
manchmal etwas Zügel geben. Sonst werden sie hart-
mäulig und warnen uns nicht mehr.

HARRAS: Es ist ja kein Wunder. Es ist ein bißchen stark.
Sie wissen — von Eilers?

ODERBRUCH *nickt.*

HARRAS: Seit wann?

ODERBRUCH: Ich habe es erst durch Ihre Botschaft erfahren. Im Amt war nichts bekannt.

HARRAS: Ja, man hat es vor uns geheimgehalten, aus ir-
gendeinem vertrackten Grund — den wir herauskriegen müssen, wie so vieles. Wenn ich Ihre alte Mappe
da sehe und Ihr Gesicht, dann kommt es mir schon nicht
mehr ganz unlösbar vor. Ein Glück, daß Sie zu Hause
waren. Aber Sie sind ja immer zu Hause. Habe ich ge-
stört?

ODERBRUCH *lächelnd*: Es ist mein Donnerstag.

HARRAS: Ach, wirklich. Ich hatte keinen Dunst, was für
ein Tag es ist. Das tut mir leid.

ODERBRUCH: Es spielt keine Rolle — in einem solchen
Fall. Sonst halte ich an diesem Abend fest wie an der
Seligkeit. Man braucht so eine Sache — die einen voll-
ständig wegnimmt — von allem.

HARRAS: Ich weiß, es ist Ihr einziges bekanntes Laster. Was war's heute abend?

ODERBRUCH: Schubert, C-Dur-Quintett mit zwei Celli. Es war gar nicht einfach, das zweite aufzutreiben. Es gibt nicht so viele Cellisten.

HARRAS: Gewiß nicht viele, die sich trauen dürfen, mit Ihnen das zweite zu spielen. — Ist es nicht scheußlich — mit Eilers? Jeden andern könnt ich eher verschmerzen.

ODERBRUCH: Er war mein Freund.

HARRAS *nickt*: Und wenn's noch im Kampf passiert wäre. Aber so — das ist doch Mord. Meuchelmord. — Haben Sie irgendeine Erklärung? Einen Anhaltspunkt? Weshalb gerade Eilers?

ODERBRUCH: Es hätte wohl ebensogut jeden anderen treffen können. Die Staffel war mit neuen Maschinen beliefert — alle ausprobiert, alle gleichmäßig geprüft.

HARRAS: Wir müssen sie alle telegraphisch zurückbeordern, zur Untersuchung. Es darf keine mehr aufsteigen.

ODERBRUCH: Ich habe es schon getan, auf eigne Faust, von zu Hause.

HARRAS: Das ist gut —. Wir müssen selbst in die Fabriken gehn. Wir müssen jede, die kleinste Spur aufnehmen. Aber ich weiß nicht, ob es nutzt. Da ist etwas anderes dahinter. Eilers war doch niemandem im Weg. Er war der beste Staffelführer. Er war sogar PG. Sie glauben doch nicht an Zufall?

ODERBRUCH: Es gibt fatale Zufälle in der Welt.

HARRAS: Fatal — im Sinne von tödlich. Von schicksalhaft. Wenn das Schicksal Amok läuft, dann macht es ganze Arbeit. Nicht nur ein Menschenleben. Auch ein Heim. Auch eine Familie. Es gibt doch kaum eine richtige Familie mehr. Das wird alles zerstört, zermörsert, von innen und außen. Man könnte heulen, wenn man sie zusammen gesehen hat. Ich hatte vor, mit ihnen Weihnachten zu feiern. Wenn's unsereinen erwischt hätte, wäre es halb so schlimm. Wollen Sie einen Schnaps? *Füllt zwei Gläser.*

ODERBRUCH: Danke. Erst nach der Arbeit.

HARRAS: Haben Sie eigentlich nie daran gedacht, zu heiraten? Warum nicht?

ODERBRUCH: Ich kann es schwer sagen. Zuerst — war es

wohl materiell nicht möglich. Später — nicht mehr die rechte Zeit.

HARRAS: Das wäre alles kein Grund. Wenn man wirklich will.

ODERBRUCH: Sie wissen, ich war einmal zum Priester bestimmt. *Lächelnd.* Vielleicht hängt mir das nach.

HARRAS: Bei mir war es eher das Gegenteil. Ich wollte nichts versäumen — und jetzt kommt es mir vor, ich hätte das Beste versäumt. Man müßte die Liebe nicht fürs schöne Wetter lassen. Man müßte sie aufbauen wie ein Haus. Man müßte ein Bollwerk der Liebe aus seinem Leben machen.

ODERBRUCH: Ein solches Bollwerk muß auf sicherem Grunde stehen. Auf reinem Boden.

HARRAS: Das ist Ihre konservative Kinderstube. Der Onkel Fürstbischof. Oder meinen Sie's anders? *Schaut ihn fragend an, Oderbruch antwortet nicht.* Mir würde ein Sportflugzeug genügen, für den Anfang, oder ein Wohnwagen. Zigeunerhochzeit. Zugvogelmenage. Wär nur die Welt nicht mit Stacheldraht versperrt —

ODERBRUCH: Der läßt sich überfliegen.

HARRAS: Nicht der eigne. Der unsichtbare. *Senkt die Stimme.* Ich muß Ihnen etwas anvertrauen, Oderbruch. Ich habe an Flucht gedacht. Aus guten Gründen. Jetzt — hält mich der tote Eilers. Wär es dazu gekommen — dann hätt ich Sie nicht damit belastet. So — ist mir wohler, wenn Sie es wissen. Sie haben's ja schon geahnt.

ODERBRUCH: Ich danke Ihnen.

HARRAS: Wissen Sie, wo ich die letzten zwei Wochen war? Oder — können Sie sich's denken?

ODERBRUCH: Ich kann es mir denken.

HARRAS: Dann wissen Sie auch — worum es jetzt geht. Eilers ist tot. Sie haben den Lüttjohann geholt. Ich muß der Sache auf den Grund kommen, ich muß das zu Ende bringen, was es auch kostet. Sie sind der einzige, der mir helfen kann. Sagen Sie mir die Wahrheit. Glauben Sie, wir werden sie finden? Die Wahrheit?

ODERBRUCH: Sie wird ans Licht kommen — eines Tages.

HARRAS: Eines Tages — — ich habe nur noch zehn.

ODERBRUCH *nimmt das Glas, das Harras vorher gefüllt hat, leert es.*

HARRAS *beobachtet ihn. Tritt näher zu ihm.* Oderbruch
— wissen Sie etwas, das Sie mir verheimlichen? Haben
Sie einen Verdacht, eine Ahnung? Schonen Sie mich
nicht — um Himmels willen, um der Wahrheit willen,
schonen Sie keinen! Wissen Sie etwas?

ODERBRUCH *stellt das Glas ab*: Nichts als Tatsachen.

HARRAS: Die Tatsachen — — und was bedeuten sie? Was
steckt dahinter?

ODERBRUCH: Es wird ans Licht kommen.

HARRAS: Und wenn's zu spät ist? Wenn's zappenduster
wird und kein Licht mehr brennt?

ODERBRUCH: Es ist nie zu spät für die Wahrheit.

HARRAS: Ihre Ruhe, Mann, die möcht ich mir wachsen
lassen wie einen Bart. Ich wundere mich manchmal,
daß Sie keinen tragen.

ODERBRUCH *lacht ein wenig*: Das wäre zuviel Maske.

HARRAS: Ja — man verbirgt sich besser hinterm nackten
Gesicht.

ODERBRUCH *entschnürt die Aktenmappe — läßt das Schloß
springen*: Hier ist das Ergebnis der vorläufigen Untersuchung, natürlich noch ohne Berücksichtigung der jüngsten Ereignisse.

HARRAS *haut ihn auf die Schulter*: Gehn wir's an. *Er
schaltet die starken Arbeitslampen ein.* Ist das die Ana-
lyse der Materialproben?

ODERBRUCH *nickt*: Hier Skala eins — normales Alumini-
umgewicht — Wolfram — Legierungsquote — Skala zwei —
Abweichungen — Verschiebungsberechnung — falscher
Neigungswinkel — Skala drei —

HARRAS *murmelnd über den Tisch gebeugt.
Sirenen, anschwellend. Fernes Flakfeuer, näher kom-
mend, Motorengebrumm.*

HARRAS *hebt den Kopf*: Die Herren von der Themse.
Wollen Sie in den Keller, Oderbruch?

ODERBRUCH, *ohne aufzuschauen*: Weshalb?

HARRAS: Sie haben recht. Unser Feind ist hier.

BEIDE *über die Arbeit gebückt.*

Dritter Akt

VERDAMMNIS

Spielt am letzten Tage der dem General Harras gesetzten Frist.

Technisches Büro eines Militärflughafens bei Berlin. Kalte, quadratische Konstruktion aus Stahl, Zement und Glas. Arbeitstisch mit Metallkanten. Karten, Modellskizzen, Wetterkurven an den Wänden verteilt. Kein Bild, keinerlei Ausschmückung. Eine kleine Vase mit einem verwelkten Veilchenstrauß steht auf dem Sims einer elektrischen Schalttafel. In einer Ecke ein schmales Sofa, als Feldbett hergerichtet, aber unbenutzt — daneben ein offener Handkoffer. Im Hintergrund hohe Fenster mit Ausblick auf Hangars, Schuppen, Startplätze. Das rötliche Licht eines frühen Wintermorgens fällt in den Raum, in dem noch die Lampen brennen. Harras am Arbeitstisch, angekleidet, mit offenem Waffenrock, neben ihm ein Frühstückstablett mit Thermosflasche. Der Tisch ist mit Akten, Papieren, Materialproben und Meßinstrumenten überhäuft. Korrianke am Sofa, zieht das Nachtzeug ab, verstaut es im Koffer.

HARRAS *hat einen Briefbogen genommen, spielt mit einer Feder:* Was für Datum, Korrianke?

KORRIANKE: Sonnabend, 6. Dezember 1941.

HARRAS: 6. Dezember. Sankt Nikolaus. Äpfel und Nüsse für die braven Kinder. Die Rute für die schlimmen.

KORRIANKE: Noch nicht mal ein Kalender in der Bruchbude. Ich werd einen besorgen.

HARRAS: Lohnt nicht mehr. *Gähnt, legt die Feder hin, zündet eine Zigarette an.*

KORRIANKE: Sie haben wieder nicht geschlafen, Herr General.

HARRAS: Keine Zeit. Ich war nicht müde. — Sag, wann ist Eilers gefallen?

KORRIANKE: Donnerstag voriger Woche. Zehn Tage her.

HARRAS: Hm! Stichtag. — Wie steht es draußen?

KORRIANKE: Zwei Panzerwagen vorm Hauptportal. SS-Wache, Überfallkommando. Muß in der Nacht eingerückt sein. Sie wollten mich nicht rauflassen. Aus- und Eingang nur gegen besonderen Paß.

HARRAS: Dann sind wir also quasi gefangen.

KORRIANKE: Nicht so ganz, Herr General.

HARRAS: Nein. Nicht so ganz. Nicht so ganz. *Nimmt die Feder auf.* 6. Dezember. Äpfel und Nüsse. Zu blöd. Ich kann keine Briefe schreiben. *Erhebt sich, reckt die Arme.*

KORRIANKE *zum Tisch, schüttelt die Thermosflasche:* Alle?

HARRAS: Alle. — Hör mal zu, Korriandoli! Rasch, bevor jemand kommt! Für den Fall, daß es schiefgeht — laß das Kopfschütteln, natürlich kann es schiefgehen, das weißt du genau. Ohne Faxen jetzt! Für den Fall, daß mir was passiert, nimmst du Urlaub und fährst sofort nach Wien. Geld lasse ich dir genug. Nur — daß sie keine Dummheiten macht! Denk dir was aus — was Erträgliches! Du bist so ein guter Geschichtenerzähler. Verdammt, du weißt schon, was ich meine.

KORRIANKE: Ich weiß es, Herr General.

HARRAS: Das ist ein Freundschaftsdienst. *Das Telephon schnarrt, er nimmt den Hörer auf.* Jawohl, in fünf Minuten. *Hängt ab, spricht hastig.* Noch was. Hast du schon drüber nachgedacht, was du selber anfängst? Ich meine — falls ich dich nicht mehr reklamieren kann. Du bist noch nicht übers Alter, sie werden versuchen, dich an die Front zu stecken — vielleicht könntest du Druckpunkt beziehen, bei einem meiner Freunde in den besetzten Ländern. Du kennst dich ja aus. Aber Vorsicht, Alter — scharf aufpassen, Maul halten und so weiter! Die vergessen nicht. Gib ihnen keine Chance!

KORRIANKE: Kommt nich in Frage, Herr General. Im Falle eines Falles, da melde ick mir freiwillig zur Infanterie. Mit'm nächsten Schub nach Osten.

HARRAS: Nach Osten? Du hast wohl'n Furz im Kopp?

KORRIANKE: Wetten, daß nein, Herr General? Det Köppche vakoof ick nich — nicht für ne Kaffeebohne. Nach Osten — immer nach Osten! Da ha ick 'n mächtigen Drang nach. Im Osten, auf Posten, in finstrer Mitternacht — *Hebt die Hände.* »Towarischtschi-Towarischt-schi!« Kann ick schon.

HARRAS: Du glaubst wohl, da kommst du aus der sauren Milch in den Honig? Mann — wenn du mal nur nicht drin kleben bleibst.

KORRIANKE: Alter Spartakist, Herr General. Ick war doch schon 1918 in der KPD —

HARRAS: Lange her. Mein Gott — 1918. Da hatte ich nur eine Idee — raus. Amerika.

KORRIANKE: Da hättense man bleiben sollen, Herr General.

HARRAS: Na ja. Lange her. *Das Telephon schnarrt wieder.*

HARRAS *drückt eine Klappe nieder:* Im übrigen — bleibt alles wie vereinbart. Klar? Du hältst dich bereit und wartest — für alle Fälle — bis es dunkel wird.

KORRIANKE: Bis zum Jüngsten Tag, Herr General.

HARRAS: Solang kann es auch dauern — bis wir uns wiedersehn. Und was werden wir dann sagen, Korrianke?

KORRIANKE: »Prost!« werden wir sagen. Ohne mit der Wim — ohne mit der Wimper — *Starrt ihn an, ganz erschrocken:*

HARRAS *am Telephon:* Na? Was ist?

KORRIANKE: Sie haben »Schnauze« vergessen.

HARRAS: Verzeihung. Ich bin ein bißchen zerstreut. *Brüllt ihn an.* Schnauze!

KORRIANKE *in militärischer Haltung — schluckend:* Danke, Herr General! *Rasch ab.*

HARRAS *am Arbeitstisch, knüllt den Briefbogen zusammen, wirft ihn in den Papierkorb. Knipst die Lampe aus. Nimmt das Telephon auf, drückt auf den Summer:* Chefingenieur, bitte. — Oderbruch? Ausgeschlafen? — Na, sosolala. — Nein, nichts Wesentliches. Immer das gleiche Bild. — Ja, die Vernehmung der beiden Arbeiter. Schicken Sie mir den Kommissar herein! Oder nein, kommen Sie mit, bitte, und bleiben Sie dabei. *Er knöpft seinen Rock zu, schaut zur Tür. Herein treten Oderbruch und ein Kommissar in Zivil.*

KOMMISSAR: Morn' Herr General! Ich hab Ihnen wunschgemäß die beiden Vögel hergebracht. Aber aus denen kriegen Sie nichts heraus, das sind Verstockte. Kreuzfragen, Scheinwerferverhör, Vertraulichkeit — zieht nicht bei denen. Für die Sorte reicht unsere altmodische Polizeimethode nicht aus. Und für die neue sind wir nicht geeicht.

HARRAS: Oder aber, die Vögel sind unschuldig und wissen wirklich nichts.

KOMMISSAR: Dann gnade ihnen Gott. — Sind Sie im Bilde?

HARRAS: Ich habe die Akten eingesehen. *Zu Oderbruch.* Sie sind doch von der verdächtigen Belegschaft?

ODERBRUCH: Soweit man von verdächtig reden kann. Sie haben in einer Schicht gearbeitet, durch deren Hände nachweislich einige der Unglücksmaschinen gegangen sind. Mehr wissen wir nicht.

HARRAS: Und warum hat man diese beiden herausgefischt?

KOMMISSAR: Der eine ist alter SPD-Mann, unbeliebt in der Arbeitsfront, als Nörgler verschrien. Hat mehrmals Bemerkungen gemacht, zum Beispiel: Dr. Ley könne ihn und so weiter. Der andere steht im Verdacht, mit einer geheimen kommunistischen Jugendorganisation zu sympathisieren.

HARRAS: Das ist nicht grade ein Beweis, daß sie in diese Affäre verwickelt sind.

KOMMISSAR: Nein — nicht grade ein Beweis. Sie leugnen alles ab, natürlich. Und wenn man scharf wird, verlegen sie sich auf totale Verdunkelung.

HARRAS: Wollen Sie mir einen Gefallen tun, Herr Kommissar? Lassen Sie uns mit ihnen allein sprechen. Ich halte es für möglich, daß es erfolgreicher wäre.

KOMMISSAR *zuckt die Achseln*: Ich bezweifle es. Aber bitte, wie Sie wünschen, Herr General. *Wendet sich zur Tür, gibt ein Kommando.*
Eine Wache bringt die beiden Arbeiter herein, entfernt sich mit dem Kommissar. Die Verhafteten sind ungefesselt und tragen ihre eigenen Kleider, ohne Kragen und Krawatten, aber keine Sträflingstracht. Der Ältere, um die Fünfzig, hat ein knochiges, verwittertes Gesicht und angegraute Haare, der Jüngere ist mager und sehr bleich. Beide scheinen ruhig, schauen unter sich.

HARRAS *beobachtet sie einen Augenblick*: Wollen Sie sich setzen?

DER ÄLTERE, *ohne aufzuschauen*: Danke! Wir stehen lieber.

HARRAS: Sie sind schon sitzmüde, kann ich mir denken. Gehen Sie ruhig auf und ab, wenn Sie Lust haben. Ich biete Ihnen mit Absicht keine Zigarette an, das macht jeder Bulle, wenn er Sie ausquetschen will. Aber ich könnte leichter mit Ihnen reden, wenn Sie sich entschließen würden, mich mal anzuschauen.

DER ÄLTERE *mit einem Anflug von Lächeln*: Das läßt sich machen.

HARRAS: Na also! Ich will Sie nämlich nicht ausquetschen. Ich bin nicht Ihr Feind. Ich halte Sie in der Sache nicht für schuldig, solange man Ihnen nichts bewiesen hat. Ich will Sie auch nicht verleiten, Kameraden zu verpfeifen und so weiter. Ich möchte Ihnen nur einen Rat geben — solang wir allein sind.

DIE ARBEITER *schauen ihn an — unbewegt*.

HARRAS: Ich will vorausschicken, daß mir persönlich Ihre politische Gesinnung und Ihr Vorleben gänzlich piepe sind. Ich stehe hier nicht als Polizeimann und nicht als Regierungsvertreter. Für mich ist diese Untersuchung kein Spaß und erst recht keine Schikane. Ich habe die Verantwortung für unsere Flugzeuge und für die Sicherheit unserer Flieger, das ist alles. Es ist aber Sabotage vorgekommen, und ich will erreichen, daß sie aufhört, sonst nichts. Früher oder später wird sie doch entdeckt — und dann unter erschwerenden Umständen, für alle Beteiligten. Wenn Sie Vertrauen zu mir hätten — könnten wir gegenseitig unsere Lage verbessern. Ich meine das so, wie ich es sage.

DIE ARBEITER *schauen ihn an — schweigen*.

HARRAS: Es ist Ihnen doch klar, daß Sie in der Scheißgasse sind. Ob mit Recht oder Unrecht, steht hier nicht zur Frage. Aber Sie wissen ja Bescheid. Wenn man jemanden verdächtigen will, findet man immer was Verdächtiges, und je weniger dabei herauskommt, desto schärfer geht man vor. Solange Sie in regulärer Untersuchungshaft sind, passiert Ihnen nichts, und wenn Sie in ein Gefängnis kämen oder sogar in ein Zuchthaus, wären Sie fein heraus. Ich will Ihnen hier nicht einreden, sich was aus den Fingern zu saugen. Aber falls Sie in irgendeiner Weise mit dieser Sache zu tun hatten, so sage ich Ihnen nur eins: Es gibt auch eine Form des Geständnisses, mit

dem man niemand anderen belastet und sich selbst nicht
völlig aufgibt, sondern eine unmögliche Situation zu
einem vorläufigen Stillstand bringt. Das wäre vielleicht
Ihre Rettung.

DIE ARBEITER *schweigen.*

HARRAS: Um es noch deutlicher zu sagen: Ihre Rettung
vor dem KZ — Sie wissen, was das heißt. — Ich will Sie
nicht drängen. Nehmen Sie sich Zeit! — Überlegen Sie
sich gut, was Sie sagen!

DER ÄLTERE: Da ist nichts zu überlegen. Wir haben nichts
zu sagen.

HARRAS: Dann will ich versuchen, Sie auf eine Spur zu
bringen. Ist Ihnen vielleicht aufgefallen, daß — von un-
bekannter Seite etwa — gewisse Materialteile zur Ver-
arbeitung eingeliefert worden sind, ohne die militär-
technische Kontrolle zu passieren? Sie hätten sich in einem solchen Fall nur der Nachlässigkeit schuldig gemacht. Oder hatten Sie den Eindruck, daß die von Ihrer
Belegschaft hergestellten Maschinen irgendwelchen unbekannten Manipulationen zugänglich waren, bevor sie
weitergeleitet wurden oder nachdem sie durch die Prüf-
stellen gegangen sind?

DIE ARBEITER *schweigen.*

HARRAS *etwas langsamer — leise und intensiv*: Die Prüf-
stellen selber — haben ja mit Ihnen und Ihren Arbeits-
kameraden nichts zu tun. Sie unterstehen der Staatspolizei. Könnten Sie sich vorstellen, daß der eigentliche Umschlagplatz für defektes Material — dort zu
suchen ist? Haben Sie irgendwelche Beobachtungen gemacht?

DIE ARBEITER *unverändert.*

HARRAS *noch langsamer*: Wenn Sie mir etwa eine vertrau-
liche Mitteilung machen können, die Sie nicht wiederholt
haben möchten — so gebe ich Ihnen mein Wort, daß wir
Sie nicht verraten. Das gilt auch für meinen Chefingenieur. Glauben Sie nicht, daß Sie sich auf mein Wort
verlassen könnten?

DER ÄLTERE *zuckt kaum merklich die Achseln.*

HARRAS *dicht bei ihm*: Das ist meine letzte Frage — und
mein letzter Versuch. Ob Sie mir glauben oder nicht, ist
Ihre Sache. Wenn Sie sich aussprechen wollen — so bleibt

es unter uns. Wir würden uns über das, was wir offiziell zu Protokoll geben, ganz genau verständigen und es für Sie so günstig wie möglich machen. Haben Sie mir etwas zu sagen?

DER ÄLTERE: Nein.

HARRAS *schaut den Jüngeren an*: Sie vielleicht?

DER JÜNGERE *kneift die Lippen zusammen, schüttelt den Kopf.*

HARRAS *schaut Oderbruch an*: Möchten Sie etwas hinzufügen? Oder selbst eine Frage stellen?

ODERBRUCH, *der unbeweglich im Hintergrund stand, winkt ab.*

HARRAS: Dann fürchte ich, wir müssen es aufgeben. *Zögert einen Augenblick.* Es tut mir leid. Auch für Sie.

DIE ARBEITER *unverändert.*

HARRAS *geht zum Tisch, drückt auf einen Summer. Nimmt sein Zigarettenetui*: Jetzt kann ich Ihnen wenigstens eine Zigarette anbieten.

DER ÄLTERE: Danke! Ich rauche nicht.

DER JÜNGERE *nimmt wortlos eine Zigarette, Harras gibt ihm Feuer, er raucht gierig.*
Es klopft. Harras öffnet. Der Kommissar kommt herein. Hinter ihm Schmidt-Lausitz und eine SS-Wache, die in der Tür angetreten bleibt.

KOMMISSAR: Was hab ich Ihnen gesagt, Herr General? Die Zeit hätten Sie sich sparen können, oder?

DR. SCHMIDT-LAUSITZ *zu Harras*: Irgendein Ergebnis, Herr General? Haben Sie Protokoll aufgenommen?

HARRAS: Nein. Es fiel keine Äußerung, die sich gelohnt hätte.

DR. SCHMIDT-LAUSITZ: Haben Sie einen persönlichen Eindruck gewonnen?

HARRAS: Ich würde annehmen, daß die Leute mit der Sache nichts zu tun haben.

DR. SCHMIDT-LAUSITZ: Möglich. Das wird sich zeigen. *Zum Kommissar.* Sie können die Entlassungspapiere ausstellen.

KOMMISSAR: Das heißt, die Häftlinge kehren nicht mehr ins Untersuchungsgefängnis zurück?

DR. SCHMIDT-LAUSITZ: Nein. Man hält es für überflüssig. *Schaut die Arbeiter an, wartet etwas.*

DIE ARBEITER *blicken unter sich. Der Jüngere raucht.*

DR. SCHMIDT-LAUSITZ *winkt der SS-Wache*: Sie übernehmen die Gefangenen. Sie werden auf unbestimmte Zeit in Schutzhaft überstellt. Mit besonderer Anweisung. Halten Sie sie zum Abtransport bereit!

SS-Wache *tritt einen Schritt vor.*

DER JÜNGERE *läßt seine Zigarette fallen, tritt sie aus. Wankt ein wenig. Sein Kopf hängt auf der Brust. Der Ältere schaut ihn an.*

DR. SCHMIDT-LAUSITZ *hat sie beobachtet. Tritt zu dem Jüngeren*: Haben Sie vielleicht etwas auszusagen?

DER JÜNGERE *hebt den Kopf. Er ist sehr blaß. Unter dem Blick des Älteren strafft er sich — steht reglos. — Langes Schweigen.*

DR. SCHMIDT-LAUSITZ: Abführen! *SS-Wache mit den beiden Arbeitern ab. Der Kommissar folgt.*

DR. SCHMIDT-LAUSITZ *schließt die Tür hinter ihnen.*

HARRAS *hat sich abgewandt, ist zum Fenster getreten, schaut hinaus.*

ODERBRUCH *unverändert — am Arbeitstisch.*

DR. SCHMIDT-LAUSITZ: Damit wäre dieser Teil der Untersuchung wohl zum Abschluß gelangt. Wenigstens — soweit es in Ihre Sparte fällt. Sind Sie mit den Materialprüfungen zu einer Lösung gekommen?

HARRAS *über die Schulter*: Sie gehen weiter.

DR. SCHMIDT-LAUSITZ: Nicht unbegrenzt, denke ich. Ich habe Auftrag, Ihnen eine schriftliche Order zu übergeben.

HARRAS *streckt die Hand aus, ohne das Fenster zu verlassen. Schmidt-Lausitz geht langsam zu ihm hin, händigt ihm ein Schriftstück aus. Harras schaut kurz hin, wendet sich zu Oderbruch*: Untersuchungsausschuß erwartet abschließenden Bericht — bis sieben Uhr heute abend. *Steckt das Schriftstück in die Tasche, schaut wieder hinaus.*

DR. SCHMIDT-LAUSITZ: Ich werde mich zur genannten Zeit einfinden, um den Bericht zu übernehmen und an höhere Stelle weiterzuleiten. Ich möchte Sie inzwischen in Ihrer Arbeit nicht stören —

HARRAS, *gespannt hinunterschauend — ohne auf ihn zu achten*: Da ist sie. M 41 — 1304.

ODERBRUCH *tritt zu ihm. Beide schauen hinaus.*

DR. SCHMIDT-LAUSITZ *folgt ihren Blicken*: Was ist das für eine Maschine — die man da übers Gelände rollt?

ODERBRUCH: Es ist die Schwestermaschine des Apparats, in dem Eilers verunglückt ist. Das war M 41 — 1303. Sie ist durch den gleichen Herstellungsprozeß gegangen und mit derselben Auslieferung abgesandt worden, aber zu einer anderen Front. Wir hatten einige Mühe, sie ungeflogen zurückzubekommen. Ihre Kontrollpapiere waren in Ordnung.

DR. SCHMIDT-LAUSITZ: Und — sie ist in Ordnung?

ODERBRUCH: Das wissen wir noch nicht. Am Boden ist überhaupt keine Unregelmäßigkeit festzustellen. Wir wollen sie in der Luft ausprobieren. Vielleicht ist sie intakt.

DR. SCHMIDT-LAUSITZ: Wie läßt sich das ausprobieren — ohne Gefahr?

ODERBRUCH: Nicht ganz ohne Gefahr. Aber mit Fallschirm.

HARRAS *zu Schmidt-Lausitz, spöttisch*: Wollen Sie einen Probeflug mit mir riskieren?

DR. SCHMIDT-LAUSITZ: Danke, nein. Dazu würde ich mir einen weniger tollkühnen Piloten wünschen.

HARRAS: Sie fürchten wohl, ich könnte mit Ihnen in die Hölle fliegen.

DR. SCHMIDT-LAUSITZ: Es könnte Sie reizen, den Teufel auf eine Partie Poker zu fordern. In der Hoffnung, ihn auszubluffen.

HARRAS: Sie haben immer noch eine zu hohe Meinung von mir.

DR. SCHMIDT-LAUSITZ: Ihren Verdiensten entsprechend. — Was gibt's? *Ein Wachoffizier ist eingetreten, geht zu Schmidt-Lausitz, macht eine leise Meldung.* Dagegen scheint nichts einzuwenden. *Zu Harras.* Ein Leutnant Hartmann von der Staffel Eilers möchte Sie sehen. Er ist wegen Verwundung beurlaubt. Wollen Sie ihn empfangen?

HARRAS: Hartmann — ach, Hartmann! Natürlich — gerne. *Zu Oderbruch.* Wir können im Augenblick sowieso nicht viel tun. Ich rufe Sie an, wenn ich den Bericht aufgesetzt habe.

Schmidt-Lausitz und Oderbruch ab. Fast gleichzeitig
tritt Hartmann ein, bleibt an der Tür stehen, macht
Ehrenbezeigung mit der Linken. Sein rechter Arm hängt
in einer schwarzen Schlinge.

HARRAS *verändert — gleichsam erfrischt*: Hartmann —
kommen Sie rein, lassen Sie sich beaugapfeln! Ich freue
mich wirklich, Sie zu sehen — und schon wieder hopp-
hopp! Hatte gehört, daß es Sie erwischt hat. Wo denn,
genau?

HARTMANN: Im Nordsektor, zwischen Schlüsselburg und
der Küste. Ich habe die Maschine noch zurückgebracht.

HARRAS: Bravo. Ich hab aber Ihre Verwundung gemeint.

HARTMANN: Die ist unbedeutend, obwohl ich nicht weiß,
ob ich wieder flugfähig werde. MG-Durchschuß durchs
Ellbogengelenk.

HARRAS: Ganz ähnlich wie bei Lüttjohann. Aber bei dem
gab es Splitterkomplikationen, drum ist der Arm steif
geblieben.

HARTMANN: Wie geht es Hauptmann Lüttjohann?

HARRAS: Er ist derzeit abkommandiert. — Setzen Sie sich
doch! Seit wann sind Sie aus dem Karboltempel ent-
lassen?

HARTMANN: Seit zwei Tagen. Ich habe versucht, Herrn
Generals Privatnummer anzurufen. Dann sagte man
mir im Amt, daß Herr General hier draußen mit einer
Spezialarbeit beschäftigt ist. Ich hoffe Herrn General
nicht zu stören —

HARRAS: Mensch, lassen Sie die dritte Person fallen, sonst
verwandle ich mich vor Ihren Augen in den gestärkten
Willen aus der Siegesallee.

HARTMANN: Ich dachte, ich könnte Herrn General — ich
könnte Sie um eine Beschäftigung bitten, Herr General.
Für leichten Dienst fühle ich mich schon wieder ver-
wendbar. Ich bin nämlich Linkshänder, Herr General.

HARRAS *lacht*: Unbezähmbar. Sie würden wohl noch mit
den Fußzehen Dienst machen. *Schaut ihn an.* Sie sollten
sich Zeit nehmen, Hartmann. Ein paar Wochen richtige
Ausspannung wäre gescheiter. Sie sehen nicht gerade
blühend aus. Bißchen durchsichtig geworden. Noch
schmäler. — Noch ernster.

HARTMANN: Ich weiß nicht, Herr General. Mir ist nicht

nach Ausspannung zumute. Ich glaube, ich würde mich rascher erholen, wenn ich was zu tun hätte.

HARRAS: Keine Ruhe im Leib, wie?

HARTMANN: Ruhe — die müßte man wohl vor allem — in der Seele haben.

HARRAS: Immer noch Liebeskummer?

HARTMANN *lächelt — unberührt*: Nein, Herr General. — Das ist merkwürdig. — Das hab ich fast vergessen.

HARRAS: Jetzt könnte ich sagen: Was hab ich Ihnen gesagt? Ich sag's aber nicht.

HARTMANN *wieder ernst*: Damals — habe ich noch nicht gewußt — *Zögert*.

HARRAS *schweigt — wartet*.

HARTMANN: Ich war damals — ich fühlte mich — ganz fest gewappnet — wie wenn man in einer Rüstung steckt. Ich wußte noch nicht, was man in ein paar Wochen erfahren kann. In einer Stunde sogar.

HARRAS: Sie meinen jetzt nicht die Verwundung.

HARTMANN: Nein. Das war eher eine Erlösung — für den Augenblick. Darf ich etwas fragen, Herr General?

HARRAS *nickt — wartet*.

HARTMANN: Es ist — nicht ganz einfach —. Ich muß erst erklären — haben Sie wirklich etwas Zeit für mich, Herr General?

HARRAS: Ich wüßte momentan nichts Besseres mit meiner Zeit zu tun. — Das ist die Wahrheit, Hartmann.

HARTMANN: Mag sein, daß es immer so war, und ich habe es nur nicht gesehen. Nicht sehen wollen. Mag sein, daß es erst durch den Krieg so gekommen ist. *Er spricht rasch, hastig, wie jemand, der etwas loswerden muß, was er sich selbst nicht eingestehen möchte.* Es ist alles wahr, was man hört. Es gibt keine Greuelgerüchte. Ich hab es, mit eignen Augen, erschaut. Und es sind dieselben — dieselben Jungens — dieselben, die mit mir in der Hitler-Jugend gelebt haben, geschwärmt und gesungen, von Idealen geredet, von Opfer und Einsatz, von der Pflicht, von der Sauberkeit. Ich hatte einen Schulfreund — er hätte keiner Fliege was zuleid getan — oder hat er sich nur verstellt? Er war eher schüchtern — empfindlich. In Lodz hab ich ihn wiedergetroffen, wir warteten dort auf Transport. — Ich wußte nicht, daß er beim Vertilgungskommando war. Er nahm mich mit, er sagte, es wird eine Hetz gehen, er stammt aus Bayern, dort sagt man so. Sie haben auf Wehrlose geschossen — nur zum Spaß. Sie haben gelacht, wenn die vor Angst gewimmert haben. Sie — ich kann es nicht aussprechen, Herr General. Das hat doch nichts mehr mit Krieg zu tun. Nichts mit dem Ziel — nichts mit der Idee. Dafür gibt es doch keine Rechtfertigung. Das ist doch einfach — schändlich! Und ich frage mich — Herr General — wird jeder so, wenn man ihn läßt? Könnte man selbst so werden? Gibt es dagegen denn keinen Schutz?

HARRAS: Die Menschheit hat immer wieder versucht — jahrtausendelang — einen Schutz aufzurichten — gegen sich selbst. Aber es scheint, er läßt sich in weniger als einem Menschenalter einreißen. Er muß nicht sehr stark gewesen sein. — Ich weiß, das ist keine Antwort. Sie haben auch noch nicht gefragt, was Sie fragen wollten.

HARTMANN: In der Ordensburg haben sie uns gesagt, wir seien die Kreuzritter einer neuen Zeit. Die alte, die christliche, habe ihre zweitausend Jahre gehabt. Die neue solle nach unseren Plänen gezimmert werden. Ein Reich der Kraft und Herrlichkeit auf dieser Welt. Ich habe das alles geglaubt. Es hat mich begeistert. Aber wie soll etwas Neues werden, etwas Starkes und Gutes, wenn es damit anfängt, daß man das Niedrigste und Gemeinste in den Menschen entfesselt? Wie soll man die neue Zeit ertragen — wenn sie mit nichts als Mord beginnt?

HARRAS: Neue Zeit. Ich glaube — das ist auch so etwas, was es gar nicht gibt. Die Zeit — sie ist immer die gleiche. Groß — unberührbar. Ohne Anfang und Ende. Wo aber ein Mensch sich erneuert — da wird die Welt neu geschaffen.

HARTMANN: Ich will Sie jetzt fragen, Herr General. Sie haben mir damals — vieles gesagt, es ist mir gefolgt, die ganzen Wochen — aber mehr wie eine Melodie — die nicht die volle Antwort gibt — oder deren Sinn man nicht ganz erfaßt. Es hat etwas gefehlt. Vielleicht werden Sie mich auslachen. Glauben Sie an Gott?

HARRAS *nach einer langen Pause*: Ich weiß es nicht. Er ist

mir nicht begegnet. Aber das lag an mir. Ich wollte ihm nicht begegnen. Er hätte mich — vor Entscheidungen gestellt — denen ich ausweichen wollte. Ich habe an das Erdenkbare und an das Erkennbare geglaubt. An das, was man prüfen, entdecken, finden kann. Aber die größte Findung aller Zeiten habe ich nicht erkannt. Sie heißt Gott. In vielerlei Gestalten — immer Gott. Er ist eine Erfindung der menschlichen Seele. Oder besser — ein Fund. Ein offenbartes Wissen. Drum ist er wahr. Alle Erfindungen der Menschenseele werden wahr. Der Mensch träumt nichts, was nicht ist und war und sein wird. Wenn der Gott geträumt hat — dann gibt es Gott. Ich kenne ihn nicht. Aber ich kenne den Teufel. Den hab ich gesehen — Aug in Auge. Drum weiß ich, daß es Gott geben muß. Mir hat er sein Angesicht verhüllt. Dir wird er begegnen.

HARTMANN: Haben Sie gebetet?

HARRAS: Ich glaube ja. Wenn ich sehr glücklich war.

HARTMANN: Dann muß er Ihnen doch begegnet sein. Die meisten beten nur, wenn sie Angst haben.

HARRAS: Ich weiß es nicht. Ich habe seine Hand nicht ergriffen. Ich habe — die andere gewählt. Du aber — wenn du mich fragst — du darfst ihm vertrauen.

HARTMANN: Es ist sehr schwer.

HARRAS: Es war wohl immer schwer — für jeden, der gefragt hat. Für euch ist es am schwersten. Wir hatten es kinderleicht dagegen, in unserer Jugend. Ihr seid in den Tag geboren, mit dem das Recht zerbrach. Aber glauben Sie mir — es gibt ein Recht. Es gibt einen Ausgleich. Vielleicht nicht für den einzelnen. Vielleicht nicht an der Oberfläche des Lebens — jedoch im Kern. Die Welt nimmt ihren Lauf, das Bestimmte erfüllt sich. Es wird keine Schuld erlassen. Es schlüpft kein Aal durchs Netz. Und auf den großen Fischfang folgt das große Fest. Glauben Sie, Hartmann — glauben Sie getrost an das göttliche Recht! Es wird Sie nicht betrügen.

HARTMANN: Ich möchte in Ihrer Nähe bleiben, Herr General. Auch wenn Sie keine Zeit für mich haben. Wenn ich nur — eine kleine Hilfsarbeit für Sie tun darf. Können Sie mich nicht in Ihrem Amt beschäftigen? Ich habe ein wenig technische Vorbildung gehabt.

HARRAS: In meiner Nähe — das — wird nicht ganz leicht sein. Aber — ich kann etwas versuchen. *Geht zum Telephon, drückt den Summer.* Chefingenieur! — Oderbruch? — Sie wollten doch schon lange einen zuverlässigen Mitarbeiter. Hier ist ein junger Offizier, der nicht mehr felddienstfähig ist. Ja, er versteht was. Fühlen Sie ihm auf den Zahn! Ich schick ihn rüber. Wenn er was taugt, kann er auf Probe bleiben. *Hängt ab.* Melden Sie sich beim Chefingenieur! Zimmer 9.

HARTMANN: Ich danke Ihnen, Herr General. Für alles.

HARRAS: Ich danke Ihnen für Ihren Besuch, Hartmann. Ich glaube — Sie haben mir mehr gesagt, als ich Ihnen sagen konnte. Jetzt muß ich arbeiten. Wir sehn uns später. *Gibt ihm die Hand. Hartmann geht.*

HARRAS *tritt zum Fenster — schaut hinaus. Murmelt*: M 41 — 1304 —

Auf dem Gang draußen werden Stimmen laut. Schritte und Rufe. Harras dreht sich um, schaut zur Tür. Die Tür wird geöffnet. Eine Frau steht im Eingang. Sie ist ganz in Schwarz gekleidet, trägt einen schwarzen Schleier vorm Gesicht. Ein Offizier versucht ihr den Weg zu vertreten.

OFFIZIER: Halt! Zurückbleiben! Ich muß darauf bestehen, Ihren Passierschein —

DIE FRAU *schlägt ihren Schleier zurück*: Ich bin Frau Eilers.

OFFIZIER: Oh — Verzeihung, Frau Oberst — *zieht sich zurück.*

HARRAS *geht mit ausgestreckten Händen auf sie zu*: Anne — ! — Wie gut, daß Sie zu mir kommen! — Das war mir fast das Ärgste, in all den Tagen — daß ich noch nicht einmal die Zeit hatte, Ihnen die Hand zu drücken.

ANNE: Ich will Ihre Hand nicht haben. *Sie steht regungslos — mit hocherhobenem Kopf und starrem, fast erloschenem Gesicht.*

HARRAS *schaut sie an. Läßt die Hände sinken. Nach einer Weile*: Warum sind Sie gekommen?

ANNE *hart, klanglos*: Ich fordere Rechenschaft.

HARRAS: Von mir?

ANNE: Eilers ist nicht gefallen. Er ist ermordet worden. Sie sind sein Mörder.

HARRAS *schwer nach Worten suchend*: Anne — ich weiß, wie hart es Sie getroffen hat. — Es ist ein furchtbares Unglück. — Es hätte vielleicht — vermieden werden können. Aber nicht durch mich. Glauben Sie wirklich, ich hätte meine Pflicht versäumt? Hat man Ihnen eingeredet, ich hätte versagt? Oder — Ärgeres? — Ja — ich trage technisch die Verantwortung. Wie schwer ich daran trage — brauche ich nicht zu sagen. Was gegen ihn geschah — geschieht auch gegen mich. Und ich weiß jetzt noch nicht, ob es wirklich ein Verbrechen war — oder ein böser, mörderischer Zufall.

ANNE: Der Zufall mordet nicht. Ich weiß nicht, wovon Sie reden. Ich habe mit niemandem gesprochen, seit es geschah. Aber ich habe meine Augen nicht mehr zugetan. Sie sind mir aufgegangen. *Sie schaut ihn an — mit brennenden Augen.*

HARRAS: Was werfen Sie mir vor, Anne? Was hab ich getan?

ANNE: Nichts haben Sie getan. Man tut nichts ohne Glauben. Sie haben nicht geglaubt, woran Eilers glaubte. Und dennoch haben Sie ihn dafür sterben lassen. Sinnlos sterben. Sie haben zugeschaut und ihn nicht gerettet. Das ist die Schuld, für die es kein Verzeihen gibt.

HARRAS: Hätte ich ihn retten können — durch einen falschen Glauben? Konnten Sie ihn retten? Haben Sie es versucht? Oder auch nur — daran gedacht?

ANNE: Ich habe nicht gedacht — solange Eilers lebte. Ich mußte mit ihm glauben. Ich mußte mit meinem Herzen bei ihm stehn. Jetzt weiß ich, daß er den falschen Tod gestorben ist. Umsonst, vergeblich, ohne Auferstehn. Sie aber, Harras, haben es immer gewußt. Sie hätten ihn retten können — wenn für nichts anderes, dann für einen besseren Tod. Sie haben ihn wissend in den falschen Tod geschickt. Sie tun es täglich neu mit tausend anderen. Ihr Krieg ist Mord. Sein Krieg war Opfer.

HARRAS: Es war der gleiche Krieg. Es wird der gleiche Tod sein.

ANNE: Sie haben in Tod und Leben nichts mit ihm gemein. Friedrich Eilers wäre nie in einen Krieg gegangen, von dessen Recht er nicht durchdrungen war. Nie hätte er einen Menschen getötet, ohne zu glauben, daß er es für die gerechte Sache tut. Sie töten ohne Recht und Glauben, für eine Sache, die Sie hassen und verachten. Sie sind ein Mörder. Eilers war ein Held.

HARRAS: Dann ist jeder ein Held, der nicht weiß, wofür er stirbt. Dann ist jeder ein Mörder, der die Welt nicht ändern kann. Jeder, der auf Erden lebt.

ANNE: Nur der, der weiß, und nicht bekennt.

HARRAS: Was weiß ein Mensch? Was kann ein Mensch denn wissen? *Er wendet sich ab.*

ANNE *tritt hinter ihn — spricht in sein Ohr*: Glauben Sie, daß dieser Krieg gerecht ist? Sie wissen, daß er ungerecht ist. Warum lassen Sie ihn geschehn? Warum bekennen Sie nicht? Glauben Sie, daß unsere Führung gut ist? Sie wissen, daß sie verderblich ist. Warum lassen Sie die Menschen ins Verderben gehn? Warum schauen Sie zu? Sie haben Mut gespielt, mit Spott und lauem Zweifel. Was soll ein Mut, der nicht bekennen will? Was soll ein Glaube, den man nicht lebt? Was ist die Überzeugung, der man nicht Zeugnis steht — Blutzeugnis, in der Not? Sie sind an allen Morden schuldig, die geschehn. Sie tragen Tod im Leibe.

HARRAS *dreht sich zu ihr um*: Warum sind Sie gekommen?

ANNE *fast flüsternd*: Weil er Sie geliebt hat. Sein Blut schreit nach dem Ihren.

HARRAS: Das ist doch Wahnsinn, Anne. Das ist doch Wahnsinn. Sehn Sie denn nicht, was auf der Welt geschieht? Die Völker sind wieder im Aufbruch — im Treiben — im Wandern — wohin? Kann ich das Ende sehn? Kann ich sie aufhalten? Ihre Richtung ändern? Meine Schultern gegen eine Lawine stemmen? Eine Sturmflut wenden — mit meiner Hand? Was kann denn der einzelne tun, Anne — in einer Welt, die ihm den Donner ihres fürchterlichen Ablaufs — und seines eignen rettungslosen Mitgerissenseins — mit jedem Herzschlag in die Ohren dröhnt? Wer bin ich denn — daß ich es ändern sollte?

ANNE *schweigt.*

HARRAS *fast im Aufschrei*: Wer bin ich denn —? ! Bin ich denn mehr als ein Mensch? Kann ich mehr wissen — mehr tun — mehr leiden als ein Mensch? Ich bin doch —

ich bin doch kein Gott!! *Er starrt in die Höhe. Es ist, als werde er zusammenbrechen.*

ANNE *unberührt*: Ein Gott ist Mensch geworden, um leiden zu können — wie ein Mensch. Um nun den leidenden Geschöpfen seinen Trost zu geben. Sie aber dürfen seinen Namen nicht nennen. Auch das haben Sie verwirkt. Auch daran glauben Sie nicht.

HARRAS *wieder gefaßt — dicht zu ihr*: Und wer sind Sie, Anne? Sie kommen als der Schwarze Engel aus der Tiefe. Aus dem Totenreich. Und fordern Rechenschaft. Und klagen an — und richten. — Sie haben einen Schmerz erlitten, ohne Linderung. Ein Schicksal ohne Trost. — Aber wissen Sie nicht, daß jeder selbst an seinem Schicksal baut? Können Sie denn selbst vor Ihrem Richter stehn — und sagen: das Gute hab ich geglaubt, das Böse nicht gewußt? Wie konntet ihr je an eine Sache glauben, deren Schlechtigkeit uns an jeder Straßenecke in die Augen springt? Wie durftet ihr von Idealen reden, wenn ihr die Visagen derer seht, die sie vertreten? Die hier nicht wissen — die wollen es nicht wissen — und die dennoch glauben, die machen sich was vor.

ANNE *ruhig — traurig*: Wir haben geglaubt. Wir mußten glauben — sonst hätten wir nicht gelebt. Wir haben gewußt, was vorging. Aber wir hatten es in Kauf zu nehmen. Eilers hat schwer genug damit gerungen. Wir dachten, daß alles Neue in Blut und Schmerzen geboren wird. Daß es die harte Schale ist, die es zu durchbrechen und abzustreifen gilt. Wir hatten Beispiele — wir suchten Parallelen. Menschen wurden geopfert — Ketzer verbrannt — unschuldige Kinder getötet — Scheußliches begangen — in Zeiten der Erhebung — der Eröffnung neuer Welten — der großen Revolution. Und doch mußten sie sich drüber wegsetzen, die daran glaubten und Zukunft daraus machten. So glaubten wir. Das ist — vorbei. Jetzt ist mir nichts geblieben.

HARRAS: Die alle, die Sie als Beispiel suchten, Anne — die haben sich eine Gestalt des Menschen — eine Form des Menschenlebens — vorgestellt, die ihnen besser und wertvoller erschien als das, was sie zerstörten. — Die aber, die unsere Welt zerstören, verachten den Menschen. Das ist ihr einziger Glaube. Nichts anderes stellen sie sich vor. Sie sind das böse Mittel und der böse Zweck. Die Menschen sind eine niederträchtige, ekelhafte, dumme, feige Bande. Also behandle sie entsprechend! Züchtige, brenne und schlachte sie! Das ist ihr Glaube. Und sie haben recht. Uns hoffnungslos verkommenes, armseliges, erbärmliches Gesindel.

ANNE: Eilers war nicht erbärmlich. Eilers ist tot.

HARRAS: Was werden Sie von mir sagen — wenn ich tot bin?

ANNE: Nichts. *Schlägt den Schleier vors Gesicht — geht.*

HARRAS: Nichts. Geht in Ordnung. *Langsam zum Fenster — schaut hinaus.*

KURZES DUNKEL

Ferne Trommelmusik bis zur Aufblendung der letzten Szene.
Der gleiche Raum. Rötlicher Lichtschein von draußen, wie bei Beginn des Aktes, doch tiefer, wärmer — abendlich. Die Trommelmusik geht noch eine Minute weiter. Fanfaren blasen den Präsentiermarsch.
Harras am Fenster — wie vorher.
Oderbruch steht am Tisch, liest ein Schriftstück.

HARRAS: Warum blasen sie?

ODERBRUCH: Ersatz rückt aus. Junge Truppen.

HARRAS: Ein Vorzug der Lage: daß ich denen nicht die Aufpulverungsrede halten muß. Das hab ich hinter mir. Haben Sie das Ding durchgelesen? Korrekt?

ODERBRUCH: Es scheint nichts zu fehlen — was bekannt ist.

HARRAS: Mit anderen Worten: alles fehlt. Leere Blätter. — Sie müssen gegenzeichnen.

ODERBRUCH: Sie haben selbst noch nicht unterzeichnet. *Taucht eine Feder ein.*

HARRAS: Noch nicht. — Ich kann mich von diesem Fenster nicht losreißen. *Öffnet einen Spalt.* Bescheidene Aussicht. Sandkiefern — flache Erde — und eine dünne Zuckerstreu von gefrorenem Schnee. Reif auf den Hangardächern. Klarheit. Selbst im Dunst ist Klarheit.

Frische Luft. Sie schmeckt ein wenig nach Auspuffgasen. Auch nach Schmieröl und Kiefernborke. Eine kalte Landschaft. Mehr ein Gelände. Totales Arbeitsgelände. Das ist es. Laßt uns in die Berge gehn, zu Jagd und Spiel. In die milden Hügel zur Liebe. Ans Meer zum Träumen. Zur Arbeit — hierher. Wo Plan und Ergebnis einander decken. Landschaft und Konstruktion. So könnte ich mir den Hades denken. Geplante Unterwelt. Stahl, Zement, Aluminium, Gummi, Kautschuk, Rabitz, haltbares Material, solide Bauart. Nicht kunstvoll — auch nicht künstlich. Aber — gut konstruiert. Exakt und großzügig. Erregend und beruhigend zugleich, wie die Lösung einer geometrischen Aufgabe. Verdammt nüchtern — und äußerst phantastisch. Brummend, schnurrend, schütternd von Phantasie. Ist die Form einer Fuge nüchtern? Abstrakt? Kalt. Doch bestimmt nicht leblos. Und wenn der Bach sie macht, bekommt sie himmlische Schwingen. *Schließt das Fenster.* Jetzt wird es fröstelig.

ODERBRUCH *steht an derselben Stelle, schaut ihn unverwandt an.*

HARRAS *geht zum Tisch*: Soll ich das nun unterschreiben? Ich kann es ja tun. Ich kann's auch bleiben lassen. Es ist ganz gleich. Es ändert nichts an der Lage. Das einzige, was mir jetzt ziemlich sicher scheint, steht nicht drin.

ODERBRUCH *mit beherrschter Spannung*: Was ist das?

HARRAS *schaut ihn an — zögert einen Moment*: Ich bin fast sicher — daß die Brüder selbst nicht wissen, woran sie sind. In dem Punkt hatte ich einen falschen Verdacht. Oder — einen ungenügenden. *Zögert wieder, mit einem forschenden Blick auf Oderbruch.* Mir scheint — die Gestapo tappt im dunkel — genau wie wir. Und man hat es bis zum letzten Moment — genau bis zu diesem — darauf angelegt, daß ich wirklich etwas herausbringen könnte, was die Sache klärt. Nur darauf warten sie noch. Sonst — brauchtest sie nicht zu warten. Der Fall gegen mich ist fertig. Damit haben sie anderes Material. Man hat sie gut beliefert. Aber sie geben mir die Chance des letzten Augenblicks — der Rehabilitierung auf des Messers Schneide — nur in der Hoffnung, etwas zu erfahren, was niemand weiß. Leider kann ich keinen Gebrauch davon machen. Es geschieht kein Wunder. Schauen Sie her. *Er zieht mit einer raschen Bewegung eine Schublade auf, nimmt einen Revolver heraus. Grinst.* Schmidt-Lausitz hat ihn mir hereingezaubert! Es ist mein eigener, ich hatte ihn abgeben müssen. Taktvolle Aufforderung zum Tanz. Gentleman-Abgang. Aber den Gefallen werde ich ihnen nicht tun. Das Gute ist, daß der Hund sich jetzt nicht mehr hereintraut. Er hat auch Grund. Es könnte ihm schlecht bekommen. Und wenn er zehn Bullen vorschickt, müssen fünf dran glauben. Hier ist kein Taubenschlag. *Steckt den Revolver ein.*

ODERBRUCH *schaut ihm zu — feuchtet seine Lippen.*

HARRAS: An sich — wär's mir wursch. Nur — ich bin nicht ganz fertig. Es ist ein widerwärtiges Gefühl, aus einem ungemachten Zimmer auszuziehen. Ohne abzuschließen. Der Schlüssel ist verlegt — und nicht zu finden. Dabei fühlt man, er ist ganz nah — man stolpert fast darüber man könnt ihn greifen — aber man sieht ihn nicht. *Mit einer plötzlichen Wendung zu ihm hin.* Oderbruch — ich weiß es — ich bin ganz dicht an der Lösung. Hautnah. Auf Armeslänge. Ich spüre es — ahne es — mit all meinen Nerven. Es ist nur ein Gedanke — der dazwischensteht.

ODERBRUCH: Warum denken Sie ihn nicht, General Harras?

HARRAS *sieht ihn lange an. Beide sind totenblaß geworden. Dann spricht er — leise, gefaßt*: Oderbruch. Wenn ich Ihnen jetzt einen Schwur leiste. Einen heiligen Schwur. Nicht bei meiner Ehre. Nicht als General, Offizier, Soldat. Sondern als der — den Sie kennen. Mit dem Sie ein Dutzend Jahre geflogen sind. Und als ein Mensch in seiner letzten Stunde. Ich schwöre Ihnen, daß nie etwas über diese Schwelle, aus diesen vier Wänden dringen wird — was einer von uns jetzt redet. Oderbruch — wollen Sie sprechen?

ODERBRUCH *schweigt.*

HARRAS *dicht bei ihm*: Die Wahrheit, Oderbruch! Die Wahrheit! *Starrt ihm in die Augen.*

ODERBRUCH *erwidert seinen Blick — nickt kurz.*

HARRAS: Sie — Oderbruch?

ODERBRUCH *fast tonlos*: Wir.

HARRAS *atmet tief auf — wischt sich den Schweiß vom Gesicht. Nach einer Pause — ruhig*: Wer seid ihr? Wer sind die andern?

ODERBRUCH: Wir haben keine Namen.

HARRAS: Wollen Sie mir auch jetzt nicht vertrauen? Wer seid ihr?

ODERBRUCH: Ich habe es gesagt. Wir kämpfen — unbekannt — ungenannt. Wir wissen voneinander — und kennen uns kaum. Wir haben keine Namen. Nur — ein Ziel! Und einen Feind.

HARRAS: War Eilers der Feind? Ich dachte — er war Ihr Freund.

ODERBRUCH: Ich hatte keinen besseren. Außer Ihnen, General Harras.

HARRAS: Und warum trefft ihr uns — aus dem Dunkel, aus dem Hinterhalt? Warum trefft ihr uns — anstatt des Feindes?

ODERBRUCH: Der Feind — ist unfaßbar. Er steht überall — mitten in unsrem Volk — mitten in unseren Reihen. Wir selbst haben uns ihm ausgeliefert, damals, als der alte Marschall starb. Jetzt bleibt uns nur noch eins: wir müssen die Waffe zerbrechen, mit der er siegen kann — auch wenn es uns selber trifft. Denn wenn er siegt, Harras — wenn Hitler diesen Krieg gewinnt — dann ist Deutschland verloren. Dann ist die Welt verloren.

HARRAS: Haben Sie bedacht, was Niederlage heißt? Fremdherrschaft? Neue Gewalt — und neue Unterjochung?

ODERBRUCH: Das dauert nicht. Es wachsen Kinder heran, neue Geschlechter, die werden frei sein. Was aber uns unterjocht, jetzt, hier und heute — was uns alle zu Knechten macht, und schlimmer: zu Gehilfen, zu Mithelfern des Verbrechens, das täglich unter unseren Augen geschieht, auch wenn wir sie schließen, das, Harras — d a s wird dauern, über unser Leben und unser Grab hinaus — es sei denn, wir tilgen die Schuld, mit unsrer eigenen Hand.

HARRAS: Die Schuld tilgen — durch neue Schuld? *Plötzlich fast schreiend*: Durch Blutschuld? Mord? Brudermord?! *Wieder gefaßt*. Glaubt ihr, daß Kain die Welt besser machte, als er den Abel erschlug? *Wendet sich ab*.

ODERBRUCH *schwer mit sich ringend, stockend*: Hören Sie mich an, Harras. Ich habe den Mord nicht gewollt. Ich hätte es nie für möglich gehalten, daß flugkranke Maschinen zum Einsatz kommen, ohne überprüft zu werden —

HARRAS: Von wem? Da kennen Sie die Brüder schlecht. Denen kommt es doch nur auf die Meldung an, daß die Quote erfüllt ist. Sie mußten das wissen, Oderbruch.

ODERBRUCH: Wir wollten die Kampfkraft schwächen, der sinnlosen Schlächterei ein Ziel setzen, weil es keinen anderen Weg gibt, um Deutschland zu befreien. Wir wollten die Waffe entschärfen — nicht den Mann töten, der sie führt. In der Nacht, in der ich von Eilers' Tod erfuhr, wollte ich Schluß machen, mit mir selbst. Ich lebe nur noch, weil ich nicht aufgeben darf zu kämpfen. Für Deutschland, Harras.

HARRAS: Sie denken zu kurz. Eine alte Freundin hat mir gesagt: eher schneide ich meine Wolljacken in Fetzen und verbrenne sie, als daß ich ein Stück für Hitlers Winterhilfe gebe. Weißt du nicht, habe ich sie gefragt, daß das Mord bedeutet — solang ein Soldat in Rußland erfrieren kann?

ODERBRUCH: Dann müssen wir auch diese Schuld auf uns nehmen. Reinigung — das ist unser Gesetz, und unser Urteil. Es ist mit Blut geschrieben.

HARRAS: Mit Freundesblut.

ODERBRUCH: Auch mit dem eigenen.

HARRAS *nach einer Pause*: Sagen Sie mir alles, Oderbruch? Helfen Sie mir, es zu verstehen! Wie kamen Sie dazu? Sie waren unpolitisch. Sie liebten Technik. Sie machten Musik. Was hat Sie gepackt?

ODERBRUCH: Was jeden packen müßte. Scham.

HARRAS: Weichen Sie mir nicht aus, Oderbruch! Speisen Sie mich nicht ab — mit einem Wort! Sagen Sie mir alles! Wie kam es dazu?

ODERBRUCH: Da ist nicht viel zu sagen. Wie kam es dazu? Sie kennen meine Geschichte. Familie — Tradition — Karriere — das brach zusammen, als ich jung war. Ich wurde Werkstudent, Monteur, es ging hinauf, ein Unfall warf mich zurück, es ging hinunter, es war immer sehr schwer — bis das Übel siegte. Dann ging es mir besser. *Lächelnd.* Als unser Staat zum Teufel ging, wurde ich Staatsangestellter. So ging es Tausenden in Hitlers Reich. Es ist die Laufbahn eines der Seinen.

HARRAS: Und — was geschah?

ODERBRUCH: Nichts — was ich erzählen kann. Kein persönlicher Grund. Keine — menschliche Erklärung. Mir starb kein Bruder im KZ. Ich liebte keine Jüdin. Kein Freund wurde mir aus dem Land gejagt. Ich kannte keinen, der am 30. Juni fiel. Doch eines Tages — da habe ich mich geschämt, daß ich ein Deutscher bin. Seitdem — kann ich nicht mehr ruhen, bis — *leise* — bis es zu Ende ist.

HARRAS: Und die andern?

ODERBRUCH: Manche kamen aus Scham. Andre aus Wut, aus Haß. Einige, weil sie ihre Heimat, viele, weil sie ihre Arbeit liebten und ihr Werk oder die Idee der Freiheit und die Freiheit ihrer Brüder. Aber alle — auch die unversöhnlich hassen — sind gekommen, weil sie etwas mehr lieben als sich selbst. Und es ist keiner mit uns, der nicht von selber kam.

HARRAS: Wie viele?

ODERBRUCH: Ich weiß es nicht. Wir haben keine Mittel, sie zu zählen. Wir werden weniger, statt mehr. Viele verschwinden, die nicht wiederkommen. Die beiden Männer, die heut vor Ihnen standen — ich hatte sie nie zuvor gesehn. Sie kannten mich nicht. Aber ich wußte — sie gehören zu uns.

HARRAS *lauscht schweigend — mit verschlossenem Gesicht.*

ODERBRUCH: Unsre Namen — haben wir vergessen. Da waren solche dabei mit jahrhundertealtem Wappenglanz. Andere, die nur auf Lohnzetteln stehn. Das zählt nicht mehr. Für eine Weltstunde — sind wir gleich geworden. Klassenlos. Die Stunde dauert nicht. Das wissen wir. Aber sie ist ein Zeichen. Für alle Zeit.

HARRAS *knapp, fast herrisch*: Was ist die Losung? Nicht »für alle Zeit«. Jetzt, hier, im Augenblick. Wie steht die Schlacht? Was ist das nächste Ziel?

ODERBRUCH: Zerstörung. Eine bittere Losung. Die einzige, die uns bleibt. Wir können nicht haltmachen vor denen, die wir lieben. Wie dürfen nicht fragen, Harras, wo eines Mannes Herz schlägt. Nur, wo er steht. Wir machen nicht halt vor uns selbst. Wir werden alle fallen.

HARRAS: Das heißt — es ist umsonst. Sinnlose Hekatomben.

ODERBRUCH: Nicht sinnlos. Nicht umsonst. Wir wissen, wofür.

HARRAS: Was nutzt das, wenn ihr verfault? Was ändert das, wenn ihr verscharrt seid? Gemartert — verbrannt — und vergessen?

ODERBRUCH *nach einem Schweigen*: Gregor der Große wurde einst gefragt, ob das Erleiden der Marter ein Verdienst um den Himmel sei, für jeden, dem es widerfährt. Nein, sagte Gregor. Die Marter allein ist nichts. Wer aber weiß, wofür er leidet — dessen Zeugnis ist stärker als der Tod. Wir wissen, wofür.

HARRAS *lauernd, gefährlich*: Und du glaubst — ich werde mich mitschlachten lassen? Ich — der ich nicht weiß, wofür? Der ich allein bin? Der nicht von selber kam? Soll ich die Hände falten — wenn's ums Leben geht? *Wendet sich ab — geht zum Fenster.*

ODERBRUCH *leise*: Es geht um die Seele, Harras. Auch um die Ihre.

HARRAS *fährt herum*: Und wenn ich keine hätte? Und wenn ich sie — zum zweitenmal verkaufen will? Wer sagt Ihnen, daß ich euch nicht verrate, um meine Haut zu retten? Wer sagt Ihnen das?

ODERBRUCH: Sie haben einen Schwur geleistet, General Harras.

HARRAS *geht auf ihn zu*: Dies ist die Stunde des Wortbruchs, der Tag des Meineids. Die Zeit der falschen Schwüre. Was kostet die Treue —? Und was ist ihr Lohn? Soll ich dein Leben schonen — weil du das meine opferst? Vielleicht habe ich ein großes Bedürfnis, noch zu leben? Vielleicht braucht mich jemand? Vielleicht wartet jemand auf mich? Wer bist du, daß du glaubst, ich nehme dein Urteil an — ohne mich zu wehren? Wie darfst du es wagen, mir zu vertraun und dich in meine Hand zu geben? Dich — und all die andern?

ODERBRUCH: Weil Sie in dieser Stunde einer der Unsren sind. Man verrät nicht — woran man glaubt.

Harras *nach einer Pause — einfach*: Das war die Unterschrift. Ich akzeptiere. Schade drum. Das physische Herz hätte es noch ein paar Jahrzehnte geschafft. *Er geht zum Telephon, drückt den Summer.*

Oderbruch *lehnt am Tisch — bleich — wie erschöpft.*

Harras: Wachkommando! Dr. Schmidt-Lausitz, bitte! Hier spricht Harras. Die Sache, auf deren Erledigung Sie warten, wird in zehn Minuten abgeschlossen sein. Sie können den Bericht dann übernehmen. *Legt das Telephon nieder — nimmt es noch einmal auf.* Büro des Chefingenieurs! Sagen Sie Leutnant Hartmann, er möchte herüberkommen! *Hängt ab, wendet sich zu Oderbruch — gelassen, fast verträumt.* Sagen Sie mir noch eines, Oderbruch! Falls Sie es sagen können. Was ist es, das ihr mehr liebt als euch selbst? Woran ihr glaubt, worauf ihr hofft — so sehr, daß ihr dem Nero trotzt und seinen Gladiatoren? Ist es des Himmels Gnade? Ist es das Recht auf Erden?

Oderbruch: Beides, in einem. Es ist das Ewige Recht.

Harras: Was ist das Ewige Recht?

Oderbruch: Recht ist das unerbittlich waltende Gesetz — dem Geist, Natur und Leben unterworfen sind. Wenn es erfüllt wird — heißt es Freiheit.

Harras: Ich danke Ihnen. Ich weiß jetzt genug. Aber ich will Ihnen — etwas hinterlassen, Oderbruch. Kleines Testament, sozusagen. Was Sie wollen, ist recht. Was Sie tun, ist falsch. Glaubt ihr, man kann einen schlechten Baum fällen, indem man die Krone schlägt? Ihr müßt die Wurzel treffen! Die Wurzel, Oderbruch! Und die heißt nicht Friedrich Eilers. Sie heißt: Adolf Hitler. — Mehr brauche ich nicht zu sagen.

Oderbruch: Nein, General Harras. Mehr brauchen Sie nicht zu sagen.

Harras: Dann ist es gut. *Er nimmt die Feder, unterzeichnet den Bericht. Reicht sie Oderbruch*: Hier. Es ist besser, wir haben das in Ordnung. Besser für Sie. *Während Oderbruch unterschreibt:* Ich muß noch — ich muß Sie noch um Verzeihung bitten, Oderbruch. Für eine Sekunde — eine böse Sekunde — habe ich an Ihnen gezweifelt. Jetzt ist mir leichter. *Er drückt ihm kurz die Hand, geht zu einem Wandhaken, an dem sein Flieger-*

mantel und seine alte Sturmkappe hängen — zieht sich an.

ODERBRUCH: Was wollen Sie tun?

HARRAS *grinst:* Abgehn. Auf meine Weise.

ODERBRUCH: Was wollen Sie tun, General Harras? Was haben Sie vor?

HARRAS: Haben Sie mal was von einem Gottesurteil gehört?

ODERBRUCH: Was meinen Sie damit?

HARRAS: Ein Experiment. Ich habe immer gerne experimentiert.

ODERBRUCH: Sie wissen — daß alle Ausgänge besetzt sind?

HARRAS: Außer dem einen.

ODERBRUCH: Das ist der direkte, von diesem Raum aufs Flugfeld. Aber dort sind die Posten.

HARRAS: Die schrecken mich nicht.

ODERBRUCH: Was wollen Sie tun, Harras?

HARRAS *lächelt, fast heiter, steckt sich eine Zigarette an.*

ODERBRUCH *in einer plötzlichen Aufwallung:* General Harras — wenn Sie noch zehn Minuten warten — bis es ganz dunkel ist — dann können wir von hier zum Schuppen 35 durchkommen, ohne gesehen zu werden. Ich könnte Ihnen helfen, die Maschine zu starten, die dort steht. Ich wickle mich dann schon heraus. Wenn wir rasch machen — können Sie durchkommen.

HARRAS *gleichmütig, ein bißchen ironisch:* Ich denke, das Urteil ist mit Blut geschrieben. *Wendet sich zu einer kleinen Tür neben dem Fenster.*

ODERBRUCH *vertritt ihm die Tür:* Ich habe immer gehofft — daß es zu dieser Aussprache kommen wird. Sie hat — viel geändert. Es ist nicht Ihr Tod, Harras, auf den es ankommt. Wenn Sie im Ausland wären — auf unserer Seite — Sie könnten — vieles gutmachen, verstehen Sie? Sie könnten lebend mehr nutzen — wenn Sie wollen, General Harras — ich sage Ihnen eine Adresse in der Schweiz —

HARRAS *schüttelt den Kopf, unbeirrt:* Zu spät, mein Freund. Für so was — bin ich nicht mehr gut. Wer auf Erden des Teufels General wurde und ihm die Bahn gebombt hat — der muß ihm auch Quartier in der Hölle machen. Fallen Sie jetzt nicht um, Oderbruch! Sie hatten recht, mit allem. Haltet eure Waffen sauber und trefft die Wurzel, eh ihr die Krone schlagt. *Beugt sich zu ihm — mit einem leisen Lachen.* Im übrigen hockt Korrianke im Schuppen 35. Startbereit. Der Weg ist mir immer noch offen — falls er mir einfällt. Aber — Begnadigung? Nee. Kann ich nicht verwenden. *Es klopft.* Wer da?

HARTMANN *tritt ein*: Sie haben mich rufen lassen, Herr General?

HARRAS: Ja, Hartmann, mein Junge. Gut, daß ich Sie noch sehe. Ich muß verreisen, auf unbestimmte Zeit. Und ich möchte, daß Sie mit Oderbruch zusammenbleiben. Er wird Ihnen dann alles Nähere erklären. Alles, Oderbruch! *Zögert einen Moment — als falle ihm etwas ein.* Sagen Sie, Hartmann — haben Sie eine Uhr?

HARTMANN: Ja — eine Armbanduhr — mit Leuchtziffern.

HARRAS: Tauschen wir! Nehmen Sie die, statt Ihrer! *Nimmt ihm die Armbanduhr vom linken Handgelenk — holt die alte, verbeulte aus seiner Tasche.* Kein guter Tausch, für Sie. Aber — haltbar. Wenn Sie stehenbleibt, hauen Sie sie gegen den Hinterkopp! Sehn Sie: so. Dann läuft sie wieder. Verlieren Sie sie nicht. *Drückt ihm die Uhr in der Hand.* Souvenir. *Wendet sich, geht zu der kleinen Seitentür, öffnet einen Spalt, schaut in die Dämmerung.* Hm! Leichter Nordwest. Riecht nach Salzwasser. Gutes Ausflugswetter — für die RAF. Duckt die Köpfe, Kinder — und laßt euch nicht erwischen! *Er geht rasch. Oderbruch fast laufend zum Fenster — starrt hinaus.*

HARTMANN *folgt ihm zum Fenster*: Fliegt er an die Front?

ODERBRUCH *bleich — wie beschwörend*: Schuppen 35 —

HARTMANN: Wo ist Schuppen 35?

ODERBRUCH *reißt das Fenster auf — vorgebeugt*: Er geht nicht hin — er — geht den andren Weg.

HARTMANN: Was ist das für eine Maschine, zu der er geht?

ODERBRUCH *fast mechanisch*: M 41 — 1304 —
Drunten laute Haltrufe. Gegenrufe. Die Stimme des Harras, in einem kurzen wilden Auflachen. Das Gebrüll eines Motors.

ODERBRUCH: Er steigt — er steigt auf —
Der Lärm des Motors wird stärker, übertönt Rufe, Geschrei und ein paar einzelne Schüsse.

ODERBRUCH: Die gehn in die Luft — die erwischen ihn nicht — er steigt — er kommt durch. *Er und Hartmann dicht beieinander — weit vorgebeugt — schauen nach oben.*

HARTMANN: Da — *packt Oderbruchs Arm. Dann schlägt er die Hände vors Gesicht. Der Lärm des Motors ist plötzlich verstummt. Stille.*

ODERBRUCH *nach einer Pause — beginnt leise*: Vater unser, der du bist im Himmel . . .

HARTMANN *fällt flüsternd ein.*

ODERBRUCH *hörbar*: — und vergib uns unsere Schuld, wie auch wir vergeben unseren Schuldigern —
Die Tür ist aufgegangen — auf lautlosen Sohlen tritt Schmidt-Lausitz ein — geht rasch zum Telephon.

DR. SCHMIDT-LAUSITZ: Hauptquartier? Reibungslos abgewickelt. General Harras soeben in Erfüllung seiner Pflicht tödlich verunglückt. Beim Ausprobieren einer Kampfmaschine. Jawohl. Staatsbegräbnis.

Stefan Zweig

Balzac
Aus dem Nachlaß heraus-
gegeben und mit einem
Nachwort versehen von
Richard Friedenthal.
S. Fischer Sonderausgabe.
430 S., Leinen

Briefe an Freunde
Herausgegeben von
Richard Friedenthal.
431 S., Leinen

Die Dramen
Herausgegeben von
Richard Friedenthal.
875 S., Leinen im Schuber

Erstes Erlebnis
Vier Geschichten aus
Kinderland. Fischer
Bibliothek, 223 S., geb.

**Ein Gewissen gegen
die Gewalt. Castellio
gegen Calvin**
205 S., geb.

Heilung durch den Geist
346 S., Leinen

Joseph Fouché
Bildnis eines politischen
Menschen.
S. Fischer Sonderausgabe.
286 S., Leinen
Fischer Taschenbuch 1915

Magellan
Der Mann und seine Tat.
Fischer Taschenbuch 1830

Maria Stuart
Fischer Taschenbuch 1714

Meisternovellen
S. Fischer Sonderausgabe.
402 S., Leinen

Phantastische Nacht
und andere Erzählungen
Fischer Taschenbuch 45

Schachnovelle
Fischer Bibliothek
120 S., geb.
Fischer Taschenbuch 1522

Sternstunden der Menschheit
Zwölf historische Miniaturen.
297 S., Leinen
S. Fischer Sonderausgabe.
256 S., Leinen
Fischer Taschenbuch 595

**Triumph und Tragik des
Erasmus von Rotterdam**
S. Fischer Sonderausgabe.
212 S. und 16 S. Abbildun-
gen, Leinen

Ungeduld des Herzens
Roman.
S. Fischer Sonderausgabe.
397 S., Leinen
Fischer Taschenbuch 1679

Verwirrung der Gefühle
Fischer Taschenbuch 2129

Die Welt von gestern
Erinnerungen eines
Europäers.
S. Fischer Sonderausgabe.
400 S., geb.
Fischer Taschenbuch 1152

S. Fischer · Fischer Taschenbücher

Carl Zuckmayer

Herr über Leben und Tod
(Bd. 6)

Der Seelenbräu
Erzählungen
(Bd. 140)

Eine Liebesgeschichte
(Bd. 1560)

Die Fastnachtsbeichte
(Bd. 1599)

Als wär's ein Stück von mir
Horen der Freundschaft (Bd. 1049)

Theatertexte

Der Hauptmann von Köpenick
Ein deutsches Märchen in drei Akten
(Bd. 7002)

Der fröhliche Weinberg / Schinderhannes
Zwei Stücke
(Bd. 7007)

Des Teufels General
(Bd. 7019)

Der Rattenfänger
Eine Fabel
Originalausgabe
(Bd. 7023)

FISCHER
TASCHENBÜCHER

Franz Kafka

**Fischer
Taschenbücher**

Literarische Wiederentdeckungen

Bernhard Blume
Das Wirtshaus
„Zum Roten Husaren"
Roman.
Mit Illustrationen von
Eduard Prüssen und einem
Nachwort von Luis Trenker.
256 Seiten, Leinen

Pearl S. Buck
Zurück in den Himmel
Erzählung aus China,
Japan und Amerika.
389 Seiten, geb.
Wie Götter werden
Roman.
504 Seiten, geb.

Maurice Druon
Die Contessa
Roman.
240 Seiten, geb.
Der Fluch aus den Flammen
Roman.
Die unseligen Könige, Bd. 1,
408 Seiten, geb.
Das Schicksal der
Schwachen
Roman.
Die unseligen Könige, Bd. 2
408 Seiten, geb.
Die Wölfin von Frankreich
Roman.
360 Seiten, geb.

C. S. Forester
Das abenteuerliche Leben
des Horatio Hornblower

Band 1: Fähnrich zur See/
Leutnant Hornblower.
504 Seiten, geb.
Band 2: Hornblower auf
der Hotspur/Kommandant
Hornblower.
584 Seiten, geb.
Band 3: Der Kapitän/
An Spaniens Küsten/
Unter wehender Flagge.
600 Seiten, geb.

Th. Th. Heine
Ich warte auf Wunder
Roman.
385 Seiten, geb.

Gabriele Tergit
Käsebier erobert den
Kurfürstendamm
Roman.
285 Seiten, geb.
z. Zt. vergriffen. Lieferbar
als Fischer Taschenbuch
Bd. 2158
Effingers
Roman. 737 Seiten, geb.

Sigrid Undset
Olav Audunssohn
Roman.
Zwei Bände, Leinen

KRÜGER
Wolfgang Krüger Verlag